# ANA SCHNABL

## GRÜN WIE ICH DICH LIEBE GRÜN

ANA SCHNABL

# GRÜN WIE ICH DICH LIEBE GRÜN

ERZÄHLUNGEN

Aus dem Slowenischen von Klaus Detlef Olof

FOLIO VERLAG

# Trittico

Das müssten sie irgendwie anders regeln. Sie könnten uns zum Beispiel ein kleines Päckchen mit dem Vorrat für die nächsten sechs Monate und Beruhigungstee schicken oder uns alles persönlich aushändigen, über den Tisch, wie das unter Menschen üblich ist, die Geheimnisse für sich behalten können. Aber so muss ich in der Reihe stehen, als Sechzehnte, die Hände in den Taschen, ein sorgfältig gefaltetes Papier ist alles, was sie mir mitgegeben haben. Sie haben mich hinausgeschickt, und offensichtlich hat niemand daran gedacht, dass mir das Hinausgehen teilweise bis überwiegend unangenehm ist. Wenn es mir so wie jetzt überwiegend bis sehr unangenehm ist, fange ich an, säuerlich zu riechen, weswegen es mir noch unangenehmer wird und ich nur nach Hause möchte, um mein T-Shirt und mein Höschen zu wechseln und die Sache später zu erledigen oder überhaupt nicht zu erledigen, weil mich auf dem Weg zur Apotheke dieselben Leute sehen und sich fragen könnten, ob mit mir alles in Ordnung ist. Und sollten sich die Leute so etwas fragen, wäre es mir besonders unangenehm, deshalb scheint mir zumindest in diesem Augenblick die logischste Wahl die, in der Reihe zu bleiben. Fünfzehnte. Ich würde mich bei allen entschuldigen, die mein säuerlicher Geruch stört, das bin nicht ich, das ist mein Cortisol, ich wünschte mir, ich könnte allen in meiner Nähe klarmachen, dass es mit mir nicht so schlimm steht, wie es aussieht. Vielleicht würden sie mir nicht glauben, denn ich sehe tatsächlich schlecht aus, das zeigt mir das Spiegelbild in der Scheibe der Schiebetür. Diese Tür zeigt mir auch, dass vor mir eine wirklich attraktive junge Frau mit spitzen Brüsten steht und dass wir uns beide mustern, wobei sie ein zufriedenes Katzenlächeln zeigt, während ich dort, wo mein Gesicht sein müsste, etwas anderes, etwas Hässliches habe. Vierzehnte. Ich sehe auch, dass ich schrecklich unordentliche Haare habe, die fettig glänzen und sich mir in Strähnen ans T-Shirt kleben, eine Strähne schmiegt sich sogar in die feuchte Achselhöhle. Universelle Regel – Unappetitliches kriecht zusammen. Dreizehnte. Herzlich gern würde ich die störende fettige Strähne unter der Achsel wegziehen, aber ich fürchte, dass ich dazu den Arm heben, den Schweißring entblößen müsste, und gleichzeitig würde die katzenhaft attraktive junge Frau vor mir, die den Blick nicht von der Scheibe lösen kann, mitbekommen, wie viel Mühe ich investiere, um anständig auszusehen. Zwölfte. Bestimmt würde sich ihr Mund zu einer Kurve des Mitleids verziehen, wenn sie bemerkte, wie armselig all mein Tun ist – einmal hässlich, immer hässlich –, tiefer noch in ihrem Innern aber würde sie sich freuen, dass sie immer und überall wie eine Göttin aussieht, und würde weiterhin selbstzufrieden auf das Spiegelbild sehen. Am schlimmsten bei all dem ist, dass uns, die wir klein und hässlich sind, Leidenschaft und

Eitelkeit nicht zustehen, das habe ich ziemlich früh gelernt, oft genug habe ich diesen mit Abneigung oder sogar Ekel gesättigten Du-bist-klein-und-hässlich-und-hast-kein-Recht-auf-Leidenschaft-Blick einstecken müssen. Weil ich mich bei diesem oder dem verwandten Du-bist-klein-und-hässlich-und-hast-dich-nicht-herzurichten-Blick ziemlich unwohl fühle, habe ich die Zurschaustellung von Leidenschaft und jegliche Eitelkeit aufgegeben. Das bedeutet im Prinzip, dass ich mich nach keinem attraktiven Menschen umsehe, dass ich nicht tanze, nicht laut lache, keine Ereignisse kommentiere, wenn ich ihnen gegenüber nicht völlig gleichgültig eingestellt bin, ebenso habe ich aufgehört, mich herzurichten, und muss deshalb fettige Haarsträhnen ertragen, die sich mir in die Achselhöhlen drängen, was aber das kleinere Problem ist. Wesentlich heikler ist es, wenn ich zum Schwimmunterricht ins Schwimmbad gehe. Diese Stunden mögen auf andere entspannend wirken, für mich sind sie genau genommen eine kleine Passion, obwohl mir der Arzt sagt, dass Wasser heilend wirkt und dass ich mich einfach erholen muss, wenn ich in den wesentlichen Punkten vorankommen will. Elfte. Bei den Schwimmstunden bin ich nämlich im Badeanzug, weshalb es mir so unangenehm ist, dass ich zum Becken immer wie jemand mit einem entzündeten Ischiasnerv gehe, was ironischerweise eine gute Tarnung für meinen tatsächlichen Zustand ist. Weil ich im Badeanzug bin, also dem Publikum meine kurzen, kräftigen und außerordentlich behaarten Beine zeige, um die ich mich das letzte Mal in der späten Pubertät gekümmert habe, als ich noch um das Recht kämpfte, mich herrichten zu dürfen. Für Beobachter mehr erschreckend ist mit Sicherheit jener Bereich, der von Frauen mit unangefochtenem Status als Bikinizone bezeichnet wird. Große Schwierigkeiten verursacht mir vor allem das Rückenschwimmen, denn die Haare ziehen sich hinter mir her wie Seetang; das habe ich jedenfalls eine der Mitschwimmerinnen in der Garderobe sagen gehört, die dachte, ich wäre nicht in der Nähe, denn die Leute denken gewöhnlich, dass ich nicht in der Nähe bin. Zehnte. So auch der Mann, der hinter mir steht, er bemerkt nicht, dass ich in seiner Nähe bin, und hat sich mit Sicherheit noch kein einziges Mal gefragt, warum ich eigentlich hier bin, und wenn er sich schon gefragt hat, meint er wahrscheinlich, dass ich hier bin, weil ich stinke. Er kann nicht wissen – denn es gibt für ihn keinen Grund, sich für mich zu interessieren –, dass ich deshalb hier bin, weil mein Arzt überzeugt ist, dass die Zeit für einen größeren Schritt voran gekommen ist. Neunte. Er sagt, dass wir mit vereinten Kräften bereits ein paar Schritte gemacht haben, die aber seiner Meinung nach zu kurz gewesen sind, um wirklich eine Positionsänderung zu bedeuten. Trotzdem habe ich im letzten Dreivierteljahr, seit ich ihn aufsuche, ein paar schädliche Angewohnheiten aufgegeben, aufgehört habe ich mit dem regelmäßigen Rauchen von Marihuana, aufgehört habe ich mit dem regelmäßigen Verzehr von Salami, reduziert habe ich auch den Missbrauch frecher Zynismen und Scherze auf eigene Kosten. Mein Arzt ist überzeugt, dass besonders Letzteres sehr gefährlich ist, da es die Krankheit verstärkt, anstatt von ihr zu erlösen. Ich bin allerdings so erfahren, dass ich weiß, dass es nur die frechen

Zynismen und Scherze auf eigene Kosten sind, die im Dunkel dieses leise und unaufhaltsam fortschreitenden Zustands leuchten. Außerdem ernte ich jedes Mal, wenn ich einen Scherz auf eigene Kosten in Gegenwart etwa meiner Mitschwimmer reiße, ein Mitgefühl solchen Ausmaßes, wie ich es mir als Kind erträumt habe. Achte. Mein Arzt versteht nicht, wie ungewöhnlich mein Humor ist und wie ich mit ihm die Menschen fröhlich mache, wie gut sich die Menschen fühlen, wenn ich wie ein Traktor in mein eigenes Unglück hineinpflüge. Er versteht nicht, wie viel mir das bedeutet und dass ich mich deshalb mitunter als vollwertige, effektive Staatsbürgerin mit völlig transparentem Privatleben fühle. Wenn ich zu müde bin zum Scherzen, verschlechtert sich mein Zustand. Dann kann ich wirklich nichts mit mir anfangen, ich kann mich nur noch für die Krankheit mobilisieren, und gewöhnlich endet die Sache damit, dass ich um Hospitalisierung bitte, weil ich meiner Stiefmutter nicht im Weg sein will. Siebente. Die einzige logische Wahl, wenn ich niemandem im Weg sein und meine täglichen Verpflichtungen erfüllen will, ist folglich der Humor. So habe ich mir auf dem Weg hierher vorgesungen, „Hässlichdick geht in die Welt, bis sie auf die Nase fällt", was ich komisch fand und was mir half, die unangenehmen Gefühle zu verdrängen. Aus dem Haus gehe ich genau dreimal die Woche, und gewöhnlich zähle ich die Sekunden, die ich so exponiert unter dem für die meisten Menschen trauten Himmel verbringe. Sechste. Heute war der Gang hierher äußerst unangenehm und ich musste zu radikaleren Mitteln greifen, es wäre völlig egal gewesen, ob ich die gerade oder die ungerade Zahl der unter dem für die meisten Menschen trauten Himmel verbrachten Sekunden gezählt hätte. Obwohl es ein besonderer Tag ist, weil ich einen großen Schritt voran mache, fühle ich mich seltsam ausmanövriert. Fünfte. Mein Arzt versichert mir, das sei völlig normal, das komme bei allen kranken Personen vor, allerdings sei bei Personen, die große Schmerzen haben, zusätzliche Hilfe nötig. Vermutlich habe ich mich da hinein verstrickt, als ich zwei Wörter verwendete, die Patienten bei Ärzten nicht verwenden dürfen, denn sie übermalen ihren ansonsten ziemlich heiteren, hoffnungsvollen und sanft mitfühlenden Gesichtsausdruck zu einem Ausdruck der Ohnmacht. Ich hatte nämlich das Wort „sich umbringen" geäußert. Vierte. Der Arzt hatte im Schock wahrscheinlich den leiseren Zusatz „wegen der Schmerzen" überhört, der die Sache ein wenig abmildern sollte, und hat mich mit dem Papier in der Hand weggeschickt, damit ich für die Verwendung des falschen Worts mit einem öffentlichen Geständnis bezahle. Weil ich nahe an der aggressiv grünen Linie meines Innenlebens bin, werden die Schmerzen in meinem Magen immer schlimmer, es ist geradezu unglaublich, was sich alles im Körper breitmacht, wenn du so hinter einer attraktiven jungen Frau wartest, vor einem energischen Mann. Das Papier, das ich die ganze Zeit in der rechten Tasche in der Hand halte, ist durchweicht, vielleicht kann die Pharmazeutin gar nicht lesen, was da steht, und schickt mich nach Hause und denkt wie die anderen, dass ich wegen Medikamenten gekommen bin, die mir bei meinen Problemen mit dem Schwitzen helfen sollen. So würde mir die Vorsehung die Verlegenheit ersparen, das Papier vor die perfekt geschminkten Augen der Pharmazeutin schieben zu müssen, die den Namen des Medikaments lesen und mich mit einem klaren Du-bist-klein-und-hässlich-kein-Wunder-dass-du-leidest-Blick ansehen würde. Die Übelkeit im Magen steigt auf und überschwemmt mein Gehirn, drückt so grob auf den Sehnerv, dass sich das Bild verschiebt und sofort wieder zu einer Einheit verschmilzt, gerade, als die bildhübsche, gepflegte und zweifellos glückliche Pharmazeutin ein geduldiges „die Nächste bitte" hören lässt. Jetzt bin ich die Dritte in der Reihe, daran ist nichts Schönes. Ich spüre, wie um mich herum die freudvollen und ganzheitlichen und gesunden Leben der Menschen pulsieren, hier in der Apotheke sind sie wegen eines Angehörigen, sie selbst brauchen keine Hilfe, nicht wegen des Magens, nicht wegen des Kopfes, nicht wegen des Blutkreislaufs, nicht wegen irgendwelcher Pilze. Mich aber hat vor Jahren die Krankheit überfallen, und ich habe viel Hilfe gebraucht, weshalb ich auch hohe Lebenskosten hatte, besonders für Marihuana, ungesunde Nahrung, Fahrten in die Hauptstadt und Bezahlung von ärztlichen Ratschlägen. Mich überkommt das, was mein Arzt „respiratorische Insuffizienz" nennt, ich atme flach und schnell, ich bemühe mich wirklich, dass man mich nicht hört – bestimmt hört man mich weniger als damals, als ich regelmäßig und viel Marihuana geraucht und mir den Rachen versengt habe –, ich will ja keine Aufmerksamkeit freudvoller Menschen, es wäre unhöflich, sie mit unschönen Tönen zu stören. Ich habe gelernt, zwischen Ein- und Ausatmen bis drei zu zählen, so kannst du den Organismus dazu bringen, dass er dir gehorcht und dich nicht in heikle Situationen bringt, wie es zum Beispiel eine Ohnmacht wäre oder etwa ein Tränenausbruch in der Öffentlichkeit. Die Situation nähert sich ihrem Siedepunkt, die attraktive junge Frau ist ganz bis ans Pult getreten und spricht jetzt vertraulich mit der Pharmazeutin, der alte Trick mit dem Zählen verfängt nicht. Ihr eleganter Gang hat mich gestört, er ist so apart, sie sieht so glücklich und wohlbestallt aus, während ich um die vitalen Grundlagen kämpfe, darum, dass ich diese verdammte Luft so einatmen kann, dass sie in den Bauch gelangt und mich locker macht und ich mich nicht erneut komplett lächerlich machen muss. Ich habe genug davon, mich vor Leuten lächerlich zu machen, denen es besser geht als mir, das ist beileibe die Mehrzahl der Menschen, denen ich begegne, außer vielleicht meine taube Stiefmutter, die ausschließlich in die Klänge ihres Kopfs gehüllt ist. So sehr wünsche ich mir, dass sich die Tränen nicht in meinen Tränensäcken sammeln. Weil sie sofort zu fließen anfangen, wenn ich zwinkere, ich darf nicht zwinkern, das macht trockene Augen und verstärkt das Gefühl, dass ich in meinen zerrütteten Kopf eingesperrt bin und nicht hinaussehen kann. Obwohl ich den Kopf leicht zurücklehne, rinnen mir doch zwei kleine Tränen über die Wangen hinunter zum Kinn, treffen sich in der Mitte und fallen vereint auf den Saum meines T-Shirts. So. Jetzt bin ich entlarvt. Jetzt kann ich wirklich nicht in Ordnung sein, ich weine gleich hier mitten in der schneeweißen, schrecklich sauberen und makellosen Apotheke, die Zweite in der Reihe, die linke Hand in der Hosentasche, das Papier der Schmach in der rechten

Hand. Das Papier wird mindestens einer Person in der Apotheke die Wahrheit über mein Leben eröffnen, und diese Person wird keine Zeit für Mitgefühl haben, denn ich bin nicht alt und nicht am Sterben, ich habe auch keine schweren körperlichen Schäden oder Krebs. Ich strenge mich nur nicht genug an, um mein Leben auf die Reihe zu kriegen, so lautet die gängige Diagnose. Jetzt bin ich dran, ich trete vor die strahlende Pharmazeutin, ich blicke zu Boden, verstecke mein verweintes Gesicht, lege das Papier aufs Pult, mehr vor mich als vor sie hin, und streife die abscheuerregende Schrift ein letztes Mal mit dem Blick. TRITTICO 5X. Die Apothekerin begrüßt mich versiert, als sie das Geschriebene liest, dreht sich um und geht zum Regal ganz hinten, wo sie die Medikamente für Leute ganz hinten haben. Als sie zurückkommt – es dauert nicht mal eine Minute –, händigt sie mir die mit der Vorderseite nach unten gedrehten Päckchen aus und macht etwas Seltsames, etwas so Seltsames, dass mir für einen Moment das Herz stehenbleibt und meine Tränen stocken. Als ich nach den Päckchen greife, berührt sie ganz leicht meine Hand, diskret, wie aus Versehen, ich zucke zusammen und hebe den Kopf und sehe zum ersten Mal, dass in ihren Augen keine Zurückweisung ist, keine Spur dieses Du-bist-klein-und-hässlich-und-deshalb-hau-ab, sondern Güte. Eine unerwartete Tröstung, hier, mitten in der makellosen Apotheke, mitten in der Stadt der Anonymen, mitten an diesem für die Mehrheit verkotzten Samstagmorgen. Darin könnte ich eine ganze Ewigkeit verweilen, wenn man nicht den energischen Mann bedienen müsste. Ich packe meine Sorgen und Probleme wieder ein, verstaue vorsichtig die atypischen Antidepressiva im Rucksack und überlege, wie ich meinem Arzt diese atypische Apotheken-Episode beschreiben soll, ohne unzurechnungsfähig zu erscheinen und ohne dass er mir immer wieder sagt, wie sehr ich in Wahrheit projiziere.

## Pinot gris

Sein Dreißigster sollte in einem vornehmen Restaurant auf einer Anhöhe gefeiert werden. An den Weg dorthin erinnere ich mich weder en gros noch en detail, weil ich die eine Hälfte wegen der Spannung verdrängt und die andere Hälfte verschlafen habe. An dem Tag wollte er mich seinen Eltern vorstellen, die Ankündigung dieser Begegnung hatte mir schon eine Woche vorher Magenbeschwerden verursacht. Ich wusste, dass seine Eltern bedeutende Juristen mit liberalen Prinzipien waren, deshalb rechnete ich entweder mit reichen, anstrengenden Ehrgeizlingen oder mit großzügigen Krösussen, denen man absolut nichts glauben darf. Auf das festliche Essen bereitete ich mich den ganzen Morgen und schon am Vorabend fieberhaft vor, stöberte in der Bibliothek nach Texten zum guten Ton, weil ich mich über den Gebrauch des Essbestecks in vornehmen Restaurants informieren wollte; ich weiß, dass da schnell etwas danebengehen kann und man dann in den Klatschspalten schlecht wegkommt.

Wie auch immer, gegen halb eins kamen Boris und ich oben am Berg an, ich vor Erwartung und Lampenfieber motorisch retardiert, er ganz sommerlicher Charme. Die Gesichter, die über dem weiß gedeckten Tisch schwebten, sahen friedlich aus – *for the record. Off the record* aber: Die träge gesenkten Lider seiner Mutter flößten mir Unbehagen ein, sie nahm den Blick so lange nicht von meinen Beinen, bis wir den Tisch umrundet hatten, sein Vater starrte treuherzig auf meine Brüste, ins Gesicht konnte ich ihm erst sehen, als wir höfliche Begrüßungen austauschten. Sie verfolgten jede meiner Bewegungen, bis ich mich gesetzt und mir die edle Serviette über den Schoß gelegt hatte, wie es in vornehmen Restaurants üblich ist.

„Haben Sie schon einen Blick in die Speisekarte geworfen?", versuchte ich es irgendwo ins Leere hinein. Ich achtete darauf, nichts zu bemerken, was die Eltern des Menschen, mit dem ich ein ernsthaftes Verhältnis eingegangen und in den ich atemlos verliebt war, kompromittieren würde. Es meldete sich Mutter Dozentin:

„Sie haben ein ziemlich interessantes Angebot, wissen Sie. Ich weiß nicht, wie sehr Sie die besseren Restaurants hierzulande kennen, aber dieses hier ist besonders exquisit, weil sie sich trauen, mit Fischgerichten zu experimentieren, was bei uns selten ist. Gewöhnlich haben Restaurants in ihrem Angebot nur raffinierte Speisen vom Rind, etwas aus Rinderzunge und Ähnliches, hier aber bemüht man sich auch um feinere Geschmacksknospen." Das war also schon der zweite Fauxpas, den ich mir aber noch gern verzieh. Nicht nur, weil man stets die Möglichkeit einkalkulieren muss, dass die Kommunikationsfähigkeit unter Spannung gegen null geht, sondern auch deshalb, weil es äußerst unangenehm gewesen wäre, sollte sich das mit den Ehrgeizlingen als zutreffend herausstellen.

Mitten in das weiße Rauschen klinkte sich Boris sanft ein: „Mama, Hana möchte wahrscheinlich nicht mit dir die Restaurants der Welt analysieren. Erzählt uns lieber, wie es im Urlaub war."

Mit einem längeren Sermon meldete sich jetzt sein Vater zu Wort. Die Färbung seiner Stimme war der von Boris schauderbar ähnlich, am meisten verwirrte mich, dass sie wie Sechs-vier-sechs-willst-du-Sex klang. Dem Inhalt seiner Suada hörte ich nicht aufmerksam zu, ich schaltete mich erst bei „das Korallenriff ist ernstlich bedroht!" ein, woraus ich schloss, dass sie mindestens in Australien und höchstens auf den Fidschis gewesen waren. Aus den Informationen, die ich aufschnappte, fügte ich der Tirade ein paar Fragen plus Bedenken über die weltweiten ökologischen Katastrophen bei und ging dabei zu weit, direkt und offen: „Der Massentourismus ist eine absolut hässliche Zivilisationserscheinung." Boris stieß mich unter dem Tisch leicht mit dem Fuß an, eine allfällige Reaktion der Touristen-Eltern wurde durch den Auftritt des Kellners hintangehalten, der uns mit Fragen nach dem Wein überschüttete, und wenn nicht nach dem Wein, dann vielleicht nach einem leichteren Schnaps, ein Aperitif passt immer, dann haben wir hier noch Bier, natürlich, wenn Sie etwas Erfrischendes wollen, können wir Ihnen auch diverse alkoholfreie Getränke anbieten. Er hielt uns genau so lange auf, bis das zerstörte Korallenriff von einer neuen Welle oder, genauer, von zwei Flaschen Pinot gris, Ananassaft, zwei Flaschen Wasser und Tonic bespült wurde. Er kehrte rasend schnell zurück, stellte das Wasser und den Saft vor mich hin, vor Boris das Bier, und nachdem er das Sagt-Ihnen-der-

Wein-zu-Ritual verrichtet hatte, füllte sich seine Mutter das Glas und trank es bis zur Neige aus. Ihre Wangen färbten sich rosa, das linke Augenlid hob sich lebhaft: „Warum trinkst du nur Saft? Wirst du nicht mit meinem Sohn feiern?“ Die Frage sollte offenbar locker wirken, aber dafür war es uns vieren bisher zu schlecht ergangen.

Nachdem sich Boris' Mutter – ihr rechtes Lid verbarg noch immer träge die halbe Regenbogenhaut – das zweite Glas Wein eingeschenkt hatte und neurotisch den Stiel des Glases zwischen den Fingern drehte, erklärte ich, dass ich keinen Alkohol trinke, weil er mir schlimme Rötungen und Herpes simplex verursache, zwei Mal habe mich am Morgen danach sogar ein Herpes zoster erwartet. Bei der Erwähnung von Ausschlag überzog Verlegenheit die Gesichter, ich hätte wissen müssen, dass man während des Speisens mit vornehmen Juristen keine Berichte über die eigene Organbeschaffenheit in sein Gedeck absondert, die Nahrungsaufnahme bildet bei solchen Gelegenheiten bereits das Maximum an Morbidität.

Während des Leerens der ersten Flasche Pinot gris – noch bevor wir dazu gekommen waren, die exzellenten Fischgerichte zu bestellen – begann Boris' Vater seinen Bericht über den Besuch eines Weinkellers und die Teilnahme an einem önologischen Workshop irgendwo in Frankreich. Das verstand ich als Signal, dass die Affäre Herpes zoster abgeschlossen war. Erleichterung. Mit erotischer Stimme verkündete er, dass der Pinot gris eine empfindliche Sorte sei und sich im Prozess der Mazeration bestens bewähre. Die angesehene Juristengattin reagierte auf seine lange und völlig kohärente Rede versiert, nickte mit dem Kopf und begleitete seine

Akzentuierungen mit eigenen Handzeichen und zwinkerte zugleich unsymmetrisch auf den Boden des mittlerweile siebenten Glases Wein, das sie aus der zweiten Flasche geschöpft hatte. Das war eine missliche Feststellung, aber die angesehene Juristin war in diesem Augenblick schon intensiv beschwipst. Hatte sie zuvor damenhaft am Stuhlrücken gelehnt, schob der Pinot gris sie nun leicht nach vorn, vermutlich hatte sie das Gefühl zu fallen und stützte sich deshalb mit der Linken gelegentlich am Tischrand ab. Als der Gatte/Vater mit seiner ermüdenden Erzählung an den Höhepunkt gelangt war – etwas über den Besuch eines Champagnerkellers in der Nähe von Paris –, fing sie im Hintergrund an, genäselte Mhm und Aha aneinanderzureihen, die sich als hämisches Lachen, aber auch als Anklage interpretieren ließen.

Ebenso unangenehm war es festzustellen, dass der Gatte dem Wippen der Gattin keine besondere Aufmerksamkeit widmete, obwohl wir beide, sowohl Boris als auch ich, nervös herumrutschten und andauernd Körperzeichen produzierten, die den Wunsch nach Flucht signalisierten: fahrige Hände, erweiterte Pupillen, unruhige Füße. Die unausgeglichene Stille, die jetzt folgte, galt es wirkungsvoll zu unterbrechen, weil uns im gegenteiligen Fall nichts anderes übriggeblieben wäre, als entweder weiter zu schweigen oder die betrunkene Person am Tisch beziehungsweise alle anderen Auffälligkeiten anzusprechen, wie zum Beispiel die, dass sich der Gatte/Vater in Bezug auf die Gattin/Mutter herzzerreißend autistisch verhielt. Weil die Wahrheit bei ersten Begegnungen ein wenig warten kann, beschloss ich mit der einmal eingeschlagenen Dramaturgie des Nachmittags fortzufahren.

„Und wohin werden Sie diesen Sommer in Urlaub fahren?“ Viel fragen ist ein Zeichen von Klugheit, besonders in Situationen, in denen es einem bereits unter den Sohlen brennt.

Die nicht mehr so angesehene Juristin wischte gereizt mit der Hand über den Tisch Richtung Glas mit dem Tonic, das sich prompt über das Tischtuch ergoss. Sie beeilte sich nicht mit einer Entschuldigung, wie man zu sagen pflegt, sondern kreischte nach dem Kellner, der aufwischen kommen und zugleich unsere Bestellungen entgegennehmen solle. In einer charakteristisch beschwipsten hohen Tonlage und noch charakteristischerem unregelmäßigen Rhythmus verkündete sie zudem, dass sie ja gar nicht in Urlaub fahren wolle, und auch das Reiseziel fand ihre entschiedene Missbilligung: „Wir sollen nach Sizilien fahren, aber mir kommt Sizilien primitiv vor und Italien idiotisch. Das Essen dort ist langweilig, außerdem sind sie ungebildet.“ Diese Äußerung zog die Aufmerksamkeit des angesehenen Gatten und Juristen auf sich, er sah sie von der Seite an, noch immer nicht ganz richtig, sondern eher so, wie alte Frauen im Stadtbus ausgelassene, vor Jugend strotzende Teenager ansehen. Im Mund zerdrückte er vorsichtig eine Replik, zum ersten Mal offenbar wütend – man ist doch Mensch –, dann aber galant, man ist doch ein angesehener Jurist, der seinen Nimbus nicht sorglos aufs Spiel setzt.

„Schade, dass du mir das nicht früher gesagt hast. Bis zum Urlaub sind es nur noch drei Wochen, wir haben schon alles reserviert, ich habe sogar ein Auto gemietet, damit wir uns so viel wie möglich ansehen können.“

Der Herr Kellner, ein *deus ex machina,* kam angelaufen, ausgestattet mit einem feuchten Tuch, einem trockenen Tuch und einem Wischmopp für besondere Missgeschicke. Er reckte sich über den Tisch und stellte die Gläser um, Boris' Mutter, mittlerweile die Frau Juristin ohne Hemmungen, setzte ihrem Gatten streitbar auseinander, dass er ihr genau genommen überhaupt keine Gelegenheit gegeben habe, sich der läppischen Idee zu widersetzen, und dass er nach zweiundzwanzig Jahren Ehe schon wissen müsste, dass sie den europäischen Süden nicht mag, und als großes *crescendo* fügte sie hinzu, wie lange sie sich Südafrika wünsche, *aber immer kommst du mit deinen Ideen.*

Heeeeej, jeder vernünftige und vorbildhaft diskrete Mensch würde sich wünschen, eine derartige Szene nicht miterleben zu müssen – noch größeres Mitgefühl gebührt daher dem Herrn Kellner, denn niemand weiß, womit er Öl ins Feuer gießt und womit er es löscht, vielleicht genügt eine ironische Bemerkung, vielleicht braucht es eine Ablenkung, vielleicht aber hilft überhaupt nichts und er muss abwarten, dass die Erregung verebbt und die Trunkenheit schließlich abflaut. Der Herr Kellner, weder tot noch tumb, erkannte das Prekäre der Situation und verabschiedete sich mit einem kurzen, aber überaus dehnbaren *lassen Sie sich Zeit, ich komme etwas später, um die Bestellung aufzunehmen,* Boris, der arme Kerl, sah mich entschuldigend an und drückte mir die Hand, er bemühte sich, uns aus der ganzen Sache herauszubugsieren. Seiner Mutter schlug er einen kleinen Spaziergang um das Restaurant vor, dahinter befinde sich ein herrlicher Park mit Brunnen, sicher werde er ihr gefallen, wenn ihn sein Gedächtnis nicht trüge, hatten sie sogar einen Fischteich mit ausnehmend teuren und empfindlichen Goldfischen aus Japan. Wer hätte das gedacht, aber die Frau Juristin ergab sich nicht, das kalmierende Angebot ihres Sohnes machte sie noch gereizter, unter den trägen Lidern glänzten blutunterlaufene Augen, die mich unverblümt anstarrten. Ich sank in meinem Festkleid zusammen, eine gefallene Prinzessin vor der gefallenen Königin. In einem neuen Anlauf, den sie mit einem neuen Glas Wein befeuchtete, schrie sie uns – den beiden bekannten Personen und mir, der völlig unbekannten Person, die bisher für sie nur in mündlicher Überlieferung existiert hatte – die unterschiedlichsten Vorwürfe ins Gesicht, deren Wahrheitsgehalt ich leider nicht zur Gänze überprüfen kann, die aber dennoch überaus besorgniserregend sind:

- ihr Gatte betrüge sie schon zweiunddreißig Monate mit einer achtzehn Jahre jüngeren Mitarbeiterin aus der Anwaltskanzlei, die eine üppige Oberweite und lange Beine habe, genau wie ich;
- sie sei überzeugt, dass ihr Sohn sie ausnutze, in den letzten vierzehn Monaten habe er sie neun Mal um ein Darlehen gebeten, das fünfhundert Euro überstieg; sie weise mich darauf hin, dass ich ein Verhältnis mit einem Mann habe, der auf Kosten seiner Mutter lebt;
- niemand nehme sie ernst, weil sie in der Menopause sei;
- aus Gram über die Untreue des Gatten trinke sie in der Woche bis zu zehn Flaschen Wein, es schmerze sie, dass niemand ihren Hilferuf bemerke; wenn sie es recht überlege, gebe es niemanden, der das überhaupt bemerke, denn sie sei tief vereinsamt.

Tja, der Ausbruch machte auf die Belegschaft des Restaurants großen Eindruck, für einige Sekunden verstummten das Klirren der Gläser und Bestecke und die Geschäftigkeit der Kellner. Die beleidigte Juristin wurde unverhohlen angegafft, dem nun folgenden Spießrutenlauf entgingen auch ich und Boris nicht. Ich glaube, dass wir uns alle, selbst die angesehene Juristin, auf eine Reihe taktischer Vermeidungen, Umgehungen und Verdrängungen vorbereitet hatten, aber auf eine exzessive Wahrheitsliebe gestoßen waren, die jegliche Gesellschaftsfähigkeit überstieg.

Für gewöhnlich gewinnt eine alkoholisierte Person nach der Eskalation ihr logisches Denkvermögen zurück, höchstwahrscheinlich handelt es sich dabei um einen hormonellen Ausgleich beziehungsweise um Ernüchterung. Stress zersetzt den Alkohol. Die schon lange nicht mehr angesehene Juristin fuhr sich nach gut zehn Minuten – wenn ich das einmal so willkürlich einschätze – durch die Haare, rieb sich die Augen, die überraschend wenig Tränen gelassen hatten, und seufzte gedemütigt auf. Klar war, dass sie die Exhibition ihrer Emotionen nicht kommentieren konnte und durfte, deshalb demonstrierte sie ihr Bedauern mit einem Schluck Wasser. Sie stand vorsichtig auf und faltete als bescheidene Entschuldigung den Angestellten des Restaurants gegenüber ihre Serviette zusammen, stabilisierte sich auf den noch immer schlanken Beinen einer Fünfzigjährigen und ging durch den gewölbten Türstock des vornehmen Restaurants, vorbei an den vornehmen vergoldeten Kerzenständern, hindurch unter den vornehmen vergoldeten kristallenen Kronleuchtern, vorbei an den vornehmen Gästen hinaus in den wackeligen

Sommernachmittag. Die Glatze des angesehenen Juristen glänzte währenddessen schweißig, er sah auf das Etikett des Pinot gris, wir vernichten Geselligkeiten aller Art schon seit dem 19.6.2012, trotzdem gelang es ihm anzudeuten, dass es angezeigt wäre, die ganze Angelegenheit zu einem Ende zu bringen – soweit ich mich in ihn hineindenken konnte, sollte dieser Vorschlag vor allem das den Spießrutenlauf begaffende Publikum zufriedenstellen, nicht so sehr uns, die wir uns bis dahin nicht übertrieben gut verstanden hatten. Boris wusste nicht, wie er sich verhalten sollte, als junger Mann war er nur bei der Feuerwehr gewesen, nicht im Hospiz, ich … nun, ich empfand das Ereignis als nicht besonders beschämend, noch erschien es mir übertrieben ungewöhnlich, skandalös oder vulgär, ich würde es nie als eine Szene aus dem französischen Naturalismus des Säufer- und Hurenmilieus bezeichnen, wie sich Boris ausdrückte. Das wird wohl deshalb so sein, weil ich kein Mitglied von Boris' Familie bin, sondern meiner eigenen. Harmonie bleibe den Engeln vorbehalten.

## Grün, wie ich dich liebe, Grün

Auf die Weihnachtsfeier hatte ich eigentlich gar nicht gehen wollen. Ich ging trotzdem, weil mir das Gefühl für Anstand zusetzte. Ich erwartete, dass Essen und Musik genauso mies waren wie jedes Jahr, dass der Verwaltungspräsident betrunken war und mit seinem Grotesktanz die Teilnehmer in Verlegenheit brachte und dass bis zum Dunkelwerden so viel Schnee fiel, dass der Heimweg ekelhaft lang wurde. Alle meine Annahmen bewahrheiteten sich. Schon um zehn Uhr abends, kaum zwei Stunden nach meinem Kommen, lehnte ich überdrüssig am Türstock und tratschte mit einer Kollegin über ihre Kinder. Kindergarten, Schule, teures Spielzeug, teure Freizeitaktivitäten. Ich reagierte automatisch, mit genau der Empathie, mit der alle attraktiven kinderlosen Frauen zu reagieren haben; nicht, dass mich Kinder nicht interessierten, aber meine Gesprächspartnerin konzentrierte sich auf alles Durchschnittliche und Uninteressante, als hätte sie selber noch nie Kindern zugesehen. Ich nahm mir ein Glas Wein und drehte den Stiel nervös zwischen den Fingern.

Als sie sich gerade über die Windpockenepidemie in dem Kindergarten ausließ, in den ihr jüngster Sohn geht, fing ich aus dem Augenwinkel eine Gestalt ein, die am zweiten

Saaleingang stand. Drei, vielleicht vier Meter entfernt. Ich sah einen Mann in schwarzem Pulli und Jeans mit einer Flasche Bier in der Hand, an der er nuckelte. Ich drehte den Kopf neugierig in seine Richtung. Die lauten Ausführungen der Kollegin verschwammen zum Gemurmel. Wenn der Mann die Flasche ansetzte, fiel sein gelocktes schwarzes Haar in den Nacken und gab das Gesicht frei – über die linke Wange zog sich eine Narbe. Er leerte die Flasche und las das Etikett. Ich fixierte seine Stirn, unter der dichte schwarze Augenbrauen lagen, und wartete, dass er aufblickte. Die Kollegin redete ununterbrochen auf meine Wange ein, und ich fragte mich, ob sich der Mann meines unverwandten Blicks bewusst war. Seine unbekümmerte Ungeselligkeit bezauberte mich, solchen Menschen wollte ich seit jeher gleichen.

Als er den Kopf hob, richteten sich seine durchdringenden grünen Augen direkt auf mich. Tief auf mich. Er war sich meiner bewusst geworden. Ich erschauerte.

Der Kollegin, die jetzt in der Vergangenheit ihres Mannes wühlte, machte ich eine Andeutung von wegen Hunger und Glas leer und begab mich zum Buffet, das in der Saalmitte als Rettungsanker fungierte. Ich blickte über die Schulter. Der Mann im schwarzen Pulli folgte mir, seine Lippen überflog, wahrscheinlich ganz gegen seinen Willen, ein Lächeln. Mir blieb der Atem weg, im Becken prickelte es, und dieses Prickeln wanderte die Beine hinunter bis zu den Fußsohlen. Würde ich mich völlig gehen lassen, würden meine Knie nachgeben. Den Abend hatte ich als beherrschte, wenngleich zynische Frau begonnen, beim Buffet stand ich kaum drei Stunden später überströmt von der Energie eines einzigen

Blicks. Bei dieser Ironie musste ich innerlich kichern und legte mir, um meine Verwirrung zu kaschieren, ein Kanapee nach dem anderen auf den Teller. Als ich ihn bis zum Rand belegt hatte, streifte ein dunkler Bass meinen Nacken und meine Ohren.

„Offenbar sagen Ihnen diese Kanapees zu."

Ruckartig drehte ich mich um, die Kanapees purzelten durcheinander und wären fast auf den Boden gefallen.

„Eigentlich machen sie mich traurig. Ich weiß nicht, was ich auf dieser Feier machen soll, mich der Nahrungsaufnahme zu widmen, scheint mir noch das Vernünftigste zu sein." Die grünen Augen sahen mich regungslos an – ich bemerkte, dass sie mehrmals zu meinen Brüsten hinunterwanderten und entflammten. Es schien, als wollte der Mann nicht antworten und als hätte sein intensiver Gesichtsausdruck sich alle psychologischen Prozesse untergeordnet. Als er endlich lachte, gab er einen Spalt zwischen den Vorderzähnen frei.

„Vielleicht kann ich Ihnen helfen, auch ich habe Gefühle, die einer Tröstung bedürfen." Er nahm das Spiel rasch auf, mit Waffen über dem Standard, und fand mich unvorbereitet. Ich hatte bereits vergessen, wie man den Einsatz erhöhen könnte, mein Unbehagen wandelte sich in sanftes Erröten.

Die Wirkung seiner Worte hatte sich fast gelegt, als er sagte: „Ich sehe Sie hier zum ersten Mal."

„Du siehst mich hier", korrigierte ich ihn.

„Ich sehe dich hier." Wieder dieser wilde Spalt. Mir war, als hätte er mich mit dem Duzen bereits berührt. Mit der freien Hand strich ich über mein Kleid und mein Haar. Eine unbewusste Geste: Ich zeigte ihm, wo er weitermachen könnte.

„Ich bin freie Mitarbeiterin, ich sitze selten in der Redaktion." Ich bemühte mich, meine Stimme unbeschwert klingen zu lassen.

„Ach", er nahm sich noch ein Bier vom Tisch, „das erklärt alles. Ich bin die meiste Zeit im zweiten Stock eingesperrt, wo ich in Fotografien stöbere." Als er die Flasche öffnete, fielen mir seine kräftigen Hände auf. Sie wirkten wach, über sie verlängerte sich sein Körper in den Raum.

„Ich bin Eva", erklärte ich und entwand dem Kellner, der gerade vorbeikam, ein Glas Weißwein.

„Ich bin nicht Adam. Lev." Obwohl ich meine Überraschung zu bezähmen versuchte, kriegte er mit, dass ich leicht zusammenfuhr und kurz Luft holte. „Stimmt was nicht mit dem Namen?"

„Nein", log ich, denn ich wollte das Ritual unseres Kennenlernens in die Länge ziehen, es ewig ausdehnen, „nur sehr wenige Männer tragen den Namen Lev. Und zu noch weniger Männern passt er."

„Auch Eva passt nicht zu vielen Frauen", entgegnete er und umfing die Flasche mit seinen schmalen, sinnlichen Lippen. Das Kompliment schloss er damit ab, dass er seine Augen über meinen Hals und meine Schlüsselbeine wandern ließ, die über den Rand meines Kleids hervorsahen. Am Rhythmus der Wanderung erkannte ich, dass er mein winziges Muttermal bemerkt hatte, das am Berührungspunkt von Schlüsselbein und Schultergürtel liegt. Das kaum wahrnehmbare Schmuckstück hatte bisher die Aufmerksamkeit aller Männer auf sich gezogen. Um ihm noch andere Male zu zeigen, beugte ich, während ich aus dem Glas trank, den Hals unnötig weit zurück.

Es irritierte mich, dass die Intensität unseres Austauschs offensichtlich geworden war, also richtete ich, obwohl ich seine Bewunderung nicht zurückweisen wollte, meine Frage zerstreut an die Decke: „Gefällt dir dein Job?"

„Ist okay, aber andere Dinge habe ich lieber." Ich schluckte den Speichel grob hinunter und hörte, wie mir ein Kloß die Kehle hinaufstieg. Vielleicht hörte er ihn auch, denn er setzte sachlich hinzu: „Lieber gehe ich in die Berge. Das Sitzen am Computer hat keine große Zukunft."

„Hat es nicht. Ich habe das große Glück, dass ich die meiste Zeit draußen bin, unterwegs." Mein unaufrichtiger Versuch, die Anziehung abzuschwächen, ließ meine Stimme gepresst klingen, plötzlich klang ich wie die Kolleginnen mit den Kindern. So hatte ich nie klingen wollen, für meine Stimme und meinen Körper verlange ich Freiheit. Fieberwellen durchströmten mich, ich schnappte nach der Luft, die der Mann mit den grünen Augen und ich austauschten. Ich beschloss, etwas zu wagen. Allmählich wurde ich wach.

Ich trank den Wein bis zur Neige und stellte das Glas auf den Tisch. Diese völlig alltägliche Geste benutzte ich dazu, mich Lev zu nähern; im Nu war zwischen uns nur eine Handbreit Raum, in dem sich unsere beiden Gerüche mischten. Damit er nach meinem Haar fassen könnte, beugte ich mich über das Glas und schob es in die Tischmitte. Er duftete nach Zeder, stechend, streng. Ich beobachtete ihn von der Seite und sah, wie er die Augen schloss und mich einatmete. Es war, als würde er mich zur Gänze einatmen. Die Spannung des Triumphs entlud sich im Lachen, mir entkam ein grotesk kleines Prusten, das das Wogen zum Stillstand brachte.

Wir sahen uns an. Wir hatten uns alles mitgeteilt, was es mitzuteilen gab.

„Ich geh dann langsam", sagte ich und ließ zu, dass meine Worte einladend klangen. Ich verließ mich darauf, dass der Mann mit den grünen Augen und ich bereits dieselbe Sprache sprachen.

„Ich begleite dich, ich möchte auch nach Hause."

Als wir uns dem Ausgang zuwandten, sah ich an der Stelle, die ich kurz zuvor verlassen hatte, eine Gruppe Kolleginnen und Kollegen im Gespräch, kleine, große, dicke, schlanke, unverheiratete, verheiratete. Wie ohne Geheimnisse, einer vor dem anderen völlig entblößt. Ich wollte nicht, dass sie uns zusammen weggehen sehen, deshalb berührte ich leicht seine Schulter: „Komm in ein paar Minuten nach, mein Auto steht in der Garage."

Im Treppenhaus lehnte ich mich erst einmal ans Geländer und wischte mir das Gesicht trocken. Vor Begierde breitete ich mich nach allen Seiten hin aus. Ich wusste, dass sich irgendwo ein Gedanke entzünden musste, aber es passierte nichts. Mitten in dem erdrückenden Beton des Treppenhauses fühlte ich mich wie neugeboren, meine Glieder, meine Sommersprossen, meine Brustwarzen, mein Rücken, mein Po und meine Schenkel spürten jeden Windzug, der aus dem

Keller aufstieg. Mir fehlten die Worte, mir fehlte der Zynismus, mit dem ich mich durch die Tage bewegt hatte. Mein Verlangen, als ich die Zeder eingeatmet hatte, war über alle Zeit, über alle Elemente, über alle Menschen meines Lebens hinausgewachsen.

In meinem eng anliegenden Kleid, das bis über die Knie ging, übersprang ich zwei Stufen auf einmal, der Mantel antwortete im Takt meiner Schritte. In der Tiefgarage stellte ich mich an den Parkautomaten – eine Position, die mir unverfänglich erschien und auch zufällig Vorbeikommende nicht auf falsche Gedanken bringen würde. Dort stand ich fast fünfzehn Minuten, bis ich anfing, mich blöd zu fühlen; unsere Verabredung ist eine reine Fantasiegeburt und existiert nur in meinem lüsternen Körper, der Mann mit den grünen Augen hat mich nicht so angesehen, wie ich es mir eingebildet habe, was sich zwischen uns abgespielt hat, ist vielleicht nur seine Geduld gewesen. Ich wollte sofort heraus aus der inszenierten verführten Frau mittlerer Jahre, in meinen Augen sammelten sich Zornestränen. Ich ging zum Auto und suchte in der Tasche nervös nach den Schlüsseln. Als ich vor der Autotür stand, erklang von der anderen Seite der Tiefgarage ein dunkles „Eva!“.

Lev kam auf mich zugelaufen, bremste sich aber nach ein paar Metern ein. Vermutlich war er sich der Umstände bewusst geworden, der Kolleginnen und Kollegen, die jeden Moment in die Tiefgarage geschwankt kommen konnten. Die Narbe auf seiner Wange glühte gefährlich in dem fahlen Licht. Vor Erleichterung lachte ich so breit, dass die Gestalt vor mir verschwamm.

„Entschuldige, der Redakteur hat mich aufgehalten, und ich konnte ihm nicht sagen, dass du unten auf mich wartest", jetzt sprach er schneller als zuvor, fast gehetzt, „ich bin froh, dass du noch da bist."

„Du hast mich gerade noch erwischt", gab ich zur Antwort und setzte – um meine Zweifel endgültig versiegen zu lassen – ironisch hinzu, „das ist wohl Schicksal."

Er lachte laut auf und trat näher. Die schwarze Baumwolle vor mir hob und senkte sich. Meine Hände waren schweißnass, sie hingen schwer wie nasse Wäsche am Körper. Das Herz rasselte, im Bauch brannte es. Durch meine Bedenken hatte ich mich hindurchgebissen, schon als er mich ansprach, und jetzt, in der klaustrophobisch wirkenden Tiefgarage, wartete ich nur noch darauf, dass die Nähe unerträglich wurde. Ich genoss die Unerträglichkeit. Mit jedem hinausgeschobenen Augenblick wuchsen meine Kräfte.

„Den ganzen Abend habe ich dich umkreist und gewartet, dass du allein bist", flüsterte er.

Er kam noch einen Schritt näher, zwischen uns war nur noch der Stoff. Er sah hinunter, zu meiner Rechten, er nahm sie mit seiner Linken, führte sie an seine Brust und fragte: „Glaubst du mir?"

Mit dem Daumen rieb ich zweimal am Ehering, ich wollte zwischen Gold und Haut Platz für etwas Sauerstoff schaffen. Ich sah in seine mandelförmigen grünen Augen.

„Ja, ich glaube dir."

Unsere Lippen berührten sich, und die Zungen suchten einander. In seinem Körper war es heiß, heiß.

Als er weg war und ich schon im Auto saß, suchte ich meinen Hals nach seinen Bissen ab. Die Strähnen, die sich aus meinem Knoten gelöst hatten, waren feucht und verklebt, mein Gesicht pulste rosig. Mit dem Mantel bedeckte ich das Muttermal auf dem Schlüsselbein, es durfte mit niemandem kokettieren. Ich lehnte mich in den Sitz zurück und schloss die Augen. Hinter den Lidern lösten sich Bilder, ich sah, was ich zuvor nur gefühlt hatte: Arme, Hüften, Brust, Nacken, Narbe, Schultern, Rücken, Ohren, Nase fügten sich zu kubistischen Bildern und zerfielen zu Landschaften. Von allem, was ich erlebt hatte, und von allem, was ich noch wollte, fröstelte mich. Es war eine Art Paralyse, aus der ich mir nur auf eine Art und Weise heraushelfen konnte. Mit den Fingern glitt ich unter den Rock, zwischen die Schenkel. Im Schritt war die wollene Strumpfhose feucht.

Als ich fertig war, zog ich mir im Rückspiegel die Lippen nach, brachte mein Haar in Ordnung, strich Kleid und Mantel glatt. Im Auto verbreitete sich ein herber Geruch, deshalb ließ ich während der Heimfahrt die Scheiben unten. Der Dezemberfrost war noch nie so sinnlich gewesen.

Seit jeher glaube ich, dass uns jedes Paar Hände neu formt. Nach Hause kehrte ich unter einem fremden Paar zurück. Mein Mann würde, wenn er wach würde und das Licht am Bett anknipste, die Veränderung leicht erkennen. Würde er mich küssen, würde er den anderen Mann schmecken, würde er mich umarmen, würde er meine verströmte Leidenschaft riechen. In der Zeit, die ich für die Fahrt brauchte, müsste ich Eva verscharren, die in ihrem sexuellen Ausbruch gebrannt und der Ordnung, dieser unerträglichen menschlichen Erfindung, getrotzt hatte. Ich müsste den Schichten des Intimen entsagen, die ich nie würde aussprechen können. Die Begegnung in der Tiefgarage würde in einer Warnung ausklingen, und nach Hause fahren könnte ich als Ehefrau.

Aber ich verscharrte niemanden. Bevor ich in unsere Straße einbog, hielt ich an der nächsten Bushaltestelle. Ich zog das Zigarettenpapier aus der Tasche, auf das Lev seine Telefonnummer notiert hatte. Ich tippte sie unter „Peter, Designer“ ins Verzeichnis ein, das Papier warf ich aus dem Fenster. Ich verwischte nur die Spur.

Ich hatte einen unruhigen Schlaf. Von meinem Mann wollte ich Berührungen erzwingen, die mich befriedigen und beruhigen würden, aber auf mein Flüstern, mein Streicheln und Anschmiegen reagierte er nicht. Bei dem Kontrast – mein unruhiger und sein ruhiger Körper – überkam mich die Wut.

Ich stand kurz nach dem Hellwerden auf, räumte gereizt die Küche auf und machte das Frühstück. In der Tasche des Morgenmantels war die ganze Zeit das Handy, und die Vibrationen, die von den Möbeln oder vom fließenden Wasser erzeugt wurden, verwechselte ich andauernd mit den Vibrationen von Nachrichten und Anrufen. Ich wusste, dass mir Lev aus Vorsicht nicht mitten in der Nacht schreiben und dass er alle Nuancen meiner schwierigen Situation einkalkulieren würde, trotzdem verfolgte mich die Furcht, ihn nie mehr zu spüren. Der kurze Kontakt zwischen uns war nicht genug gewesen, ich wollte ihn ausschöpfen wie ein Bohrloch, kompromisslos und hartnäckig.

Mein Mann wurde erst gegen Mittag wach. In der Zwischenzeit hatte ich mich in den Gegensätzen, die sich wie ein Kanalisationsnetz unter der Oberfläche meines Alltags verzweigten, vollständig eingerichtet. Die Verwirrtheit verging wie ein Frühlingsschauer. Ich war schnell. Vielleicht war meine Schnelligkeit eine Projektion der Stärke meines Verlangens. Vielleicht mangelte es mir an Bescheidenheit.

Ins Esszimmer kam er zerzaust und schlaftrunken. Das T-Shirt, in dem er geschlafen hatte, klebte ihm auf der Brust, aus den schlabbrigen Boxershorts ragten, als er sich hinsetzte, die dunklen Schamhaare hervor. Er fläzte sich neben mich auf den Stuhl, ließ seine Beine auseinanderfallen und die Arme über die Stuhllehne baumeln. Er erwartete mich.

„Eva, ich weiß, was du heute Nacht wolltest. Entschuldige, ich bin mit schrecklichen Kopfschmerzen schlafen gegangen, ich war so müde, dass ich mich einfach nicht umdrehen konnte und mich …" Den Schluss des Satzes kappte ich mit einem entschlossenen „Verstehe". Die Worte, die er aussprechen wollte, wollte ich nicht hören. Sie fassten das zusammen, was ich vermisste.

Meine Gereiztheit traf ihn nicht, er wünschte mir einen guten Morgen. Er beugte sich vor, küsste mich schmatzend auf die Wange und fuhr mir mit geübter Bewegung durchs Haar. Er fasste mich um die Hüften und versuchte mich zu sich auf den Schoß zu ziehen, damit ich mich auf seinen erigierten Morgenpenis setzte, mich mit den Händen besitzergreifend durch die Hosenbeine zwängte, damit er mich gründlich an Brust, Bauch, Hals und Vagina betasten und, wenn er zu dem Schluss gekommen sein würde, dass wir beide genügend erregt wären, in mich eindringen könnte. Ich bog seine sehnigen Arme auseinander und wimmelte das Programm ab. Ich lächelte entschuldigend und ging zum Küchenschrank, aus dem ich das Kaffeekännchen nahm.

„Kaffee statt Sex, auch gut", lachte er. Er verstand es, jede unangenehme Situation erträglich zu machen, in ihm war nicht so viel Abgründigkeit, dass er Gefühle mit eingeflochten oder ihnen entscheidendes Gewicht zugeschrieben hätte.

„Wie war es gestern Abend? Wie langweilig war es, auf der Skala von eins bis zehn?"

„Zehn ist unerträglich langweilig?"

„Ja."

„Dann nehme ich sieben." Das war nicht einmal gelogen. Es öffneten sich zwei Felder, das erste besiedelte ich mit ihm, das zweite gehörte nur mir. „Helena hat mir den ganzen Abend mit Geschichten über ihre Kinder in den Ohren gelegen. Die Frau ist einfach nicht zu bremsen."

„Das ist diese Korrespondentin aus dem Osten? Die mit der roten Dauerwelle, die sich bei der letzten Party die ganze Zeit nach mir die Augen ausgeschaut hat?"

„Ja, die."

„Das ist genau der Typ Mensch, in der Ehe unbefriedigt, angefressen, zerstreut. Wenn sie schon keinen Liebhaber oder keine Liebhaberin finden, binden sie sich an ihre Kinder." Levs Geistesschärfe, die die seltene Eigenschaft hatte, nicht verurteilend zu klingen, faszinierte mich jedes Mal aufs Neue, aber erst an diesem Samstagmorgen bezog sie sich, ohne dass er das gewusst hätte, zum ersten Mal auf mich. Wir leben zusammen, aber das Wesentliche wissen wir nicht; was mich einen oder zwei Tage zuvor noch zur Weißglut getrieben hatte, was ich in meinem Jähzorn am liebsten geändert hätte, hatte seine Macht über mich verloren. Mein Unbehagen wurde von der Gefahr des Entdecktwerdens gespeist.

„Nur gut, dass wir keine Kinder haben, dass wir nur zu Liebhabern verurteilt sind", versetzte ich.

„Ja, siehst du, die Verhütung ist eine Spitzenerrungenschaft." Wir lachten unbändig, jeder aus seinen eigenen Gründen. Ich fasste ihn um den Hals und küsste ihn auf die Wange. Ein berechnendes Zeichen der Kumpanei.

Das Wasser kochte, ich schüttete einen Teelöffel Zucker und gleich danach noch einen vollen Esslöffel Kaffee in das Kupferkännchen – einer der unzähligen Kompromisse, die wir in den drei Jahren Ehe eingegangen waren. Mein Mann beugte sich über die Zeitung und las einen Artikel über die Säuberung des Ganges vor. Indien, das waren unsere Flitterwochen gewesen, deshalb sollte es uns nahe bleiben. Den warmen Strom der Worte unterbrach ich hier und da mit dem Schlürfen des Kaffees. Die Sonnenstrahlen ergossen sich durch das Fenster, kletterten über den Tisch und zeichneten Muster auf unsere Gesichter. Es wuchs eine Sicherheit heran, die ich nicht wollte.

Endlich rührte sich das Handy in der Tasche des Morgenmantels. Die Vibrationen des Geräts übertrugen sich direkt in meine Luftröhre. Meine Verlegenheit verbarg ich hinter der Kaffeetasse. Die Uhrzeit stimmte, ich ahnte, dass Lev mir schrieb. Das Schlagen meines Herzens füllte meine Ohren bis zum Rand. Vor meinem Mann wollte ich nicht nach dem Handy greifen, ich fürchtete meine Reaktion auf die bestimmt nicht dienstliche Mitteilung. Die Hände mussten sichtbar bleiben, deshalb rührte ich im Kaffee und suchte in einer alten Zeitung nach einem Kreuzworträtsel.

Lev hörte nichts. Sein über den Tisch gebeugter Blondkopf, seine breiten Schultern und die festen Handgelenke schienen mir für diesen Moment zu zart, als dass sie einen Verrat hätten erahnen können.

Ich löste das Kreuzworträtsel bis zum Ende und ging ins Badezimmer. Ich strich mit der Hand über Schulter und Nacken meines Mannes, als wollte ich ihm versichern, dass ich rasch zurückkehren werde. Dass ich nicht weit weg sei.

Ich ließ die Badezimmertür hinter mir zufallen und setzte mich gespannt auf den Rand der Badewanne. Die Finger konnte ich nur mit Mühe koordinieren, deshalb fiel das Handy, als ich es aus der Tasche zog, auf den Teppich. Das Frottee erstickte das Geräusch. Ich atmete auf und öffnete das Display.

„Eva, ich möchte dich wiedersehen. Wie könnte das geschehen?"

Die Falten zwischen den Augenbrauen und um den Mund glätteten sich wieder, die Spannung fiel von den Schultern, zum ersten Mal an diesem Morgen atmete ich tief ein. Unter den Händen, unterm Po und zwischen den Schenkeln war das Acryl plötzlich weich. Obwohl ich keinen Plan hatte, machte ich mich an die Antwort.

„Auch ich will dich sehen. Morgen Abend. Ich werde nicht viel Zeit haben. Die Frage ist, wo?"

Ich war mir bewusst, dass die Badezimmerstille schon verdächtig wurde, deshalb zog ich die Spülung. Das Handy legte ich auf den Rand des Waschbeckens und verkündete durch die angelehnte Badezimmertür, dass ich mich in die Wanne legen werde.

„Gut“, antwortete mein Mann, „dann ziehe ich mich an und gehe einkaufen. Zu Mittag wird der Laden sicher leer sein.“ Er klang fröhlich, wie nur arglose Menschen klingen können. „Du bist wunderbar“, rief ich. Meine innere Unruhe hallte auf dem Flur durchdringend wider.

Als ich die Tür schloss, leuchtete das Display des Handys wieder auf. „Du kannst natürlich zu mir kommen. Die Adresse teile ich dir morgen Mittag mit. Dies lösche jetzt.“ Die Nachrichten schickte ein entschlossener und erfahrener Mann, ein Mann ohne Bedenken, ein Mann, der alles das schon einmal gemacht hatte. Ein Mensch, der sich das Leben nicht mit Prinzipien schwer macht.

Dann sprang noch ein „Ich will dich. Ich will alles von dir“ vor mir auf.

Ein paar Minuten stand ich nackt mitten im Badezimmer, lodernd vor Verlangen, ich füllte die Wanne und stieg hinein. Bevor ich mich versenkte, bevor das schäumende Wasser meinen Bauch überspülte, griff ich nach dem Handy: „Du bekommst alles.“

Dann löschte ich unseren Schriftverkehr.

Mein Sonntag im Büro als Redakteurin vom Dienst war schon um vier vorbei. Ich hatte Bescheid gesagt, dass ich erst spät am Abend nach Hause kommen würde, als Anfängerin, die ich ja noch sei, müsse ich die Artikel bis zum Andruck begleiten. Mein Mann solle mich mit einem Abendessen erwarten und den Tag in einem nahen Kletterzentrum verbringen. Diese Regelung schien mir verlässlich, aber ich rief ihn, um noch ein letztes Mal die Lage zu sondieren, trotzdem gegen drei Uhr an. Ich beklagte mich, dass es ungewöhnlich viel Arbeit gebe und dass die Kollegen lästig seien.

Meine Bedenken atmete ich, bevor ich ging, weg, so wie Wöchnerinnen sie wegatmen. Die Begegnung mit dem Mann mit den grünen Augen wurde unausweichlich. Nachdem ich mich auf der Toilette ein letztes Mal kontrolliert hatte – waren alle Härchen entfernt, die um den Bauchnabel wuchsen, bin ich aufgebläht, hat die Wimperntusche angefangen abzublättern, rieche ich aus dem Mund –, besah ich im Spiegel lange meine Erscheinung. Nie zuvor hatte ich so ausgesehen. Ich war mir bewusst, dass sich Schönheit am meisten der Freiheit verdankt, und Freiheit dem Wagnis. Ich gefiel mir.

Außer Atem vor innerer Erregtheit setzte ich mich ins Auto, aufgewühlt vom Versprechen der Ekstase, die am anderen Ende der Stadt auf mich wartete.

Langsam bog ich in Levs Straße ein. Mit der Rechten tippte ich die Nachricht ein, dass ich angekommen sei. Die Häuser waren einander unheimlich ähnlich – weiß, hoch, schmal, mit roten Dächern –, nur Levs Haus war orange umzäunt. Ich parkte das Auto am Ende der Zufahrt zum Kinderspielplatz und trat hinaus in den Schnee. Das Kinn in den Schal gehüllt, ging ich vorgebeugt, die Arme verschränkt: die Haltung einer vertrauten Freundin, nicht einer Ehebrecherin. Ich betrat die Treppe im Hof und nahm die Kappe ab. Am oberen Treppenabsatz ging die Tür auf.

Ich fühlte, wie die grünen Augen unter den Schichten meiner Kleidung suchten, wie sie jede meiner Bewegungen einsaugten und sich einverleibten. Obwohl ich die vereisten Stufen nur zögernd betreten hatte und der Frost in meine Schläfen biss, wurde mir bis zum Eingang glühend heiß.

„Eva", sagte er, als wir einander gegenüberstanden, „komm." Er trat zur Seite und deutete zum Wohnzimmer. Es durchfuhr mich, dass es, wenn sich die Tür schlösse, mit der höflichen Begrüßung vorbei sein würde.

„Lev", sagte ich und suchte nach einer sinnvollen Fortsetzung. Die gab es aber nicht in Phrasen.

Er legte mir die Hand auf den Rücken und folgte mir leise. Seine Finger begannen zwischen den Nähten meines Kleides zu spielen. Sie drückten auf die Rückenmuskeln und beschrieben leichte Kreise, bis hinauf zu den Schulterblättern. Ich hätte ihm erlaubt, mich zu durchbohren.

„Was möchtest du trinken?"

„Nur ein Glas Wasser." Die Worte kamen heraus, als wäre meine Zunge verkohlt.

„Wie wäre es mit einem Glas Wein?"

„Auch gern. Weiß", antwortete ich und setzte mich auf die Couch. Trinken, Essen, Musik – alles nur Füllsel, die ich lieber nicht gehabt hätte. Während Lev geräuschvoll in der Küche hantierte, ordnete ich den Schlitz meines Kleides so, dass er den Anfang meines Schenkels, meine Knie und die Waden zeigte. Bei dem Arrangement musste ich schmunzeln.

„Es freut mich, dass du locker bist." Er stellte das hölzerne Tablett auf den Tisch und setzte sich so nah zu mir, dass er den Saum meines Kleides wegheben musste, das sich über die Sitzfläche breitete. Ich wollte, dass er es zerknautschte. Zerriss.

„Ich weiß nicht, ob ich es wirklich bin, du wirst mir helfen müssen." Ich sprach, wie ich vorher noch mit niemandem gesprochen hatte. Jegliche Scham war schon im Auto von mir abgefallen. Soll sie verfaulen, dachte ich.

„Wie kann ich dir helfen?" Seine Stimme zog sich schwer atmend in die Länge.

Seine Schulter bedeckte meine. Er legte seine Hand auf meinen Schenkel und ließ sie dort für einen Moment liegen, als würde er uns noch ein letztes Mal prüfen. Ich wollte, dass er mich zerknautschte. Mich zerriss. Obwohl seine Finger sich nicht bewegten, drang das Verlangen durch, pulste in mich ein.

„Du bist wunderschön, Eva."

In den vergangenen zwei Nächten hatten mich so viele Reize durchflutet, wirkliche und ausgedachte, dass ich sie in diesem Augenblick als ein Sieden empfand. Ich floss zu ihm hinüber, zu dem Unbekannten mit den tiefen grünen Augen, und fühlte, wie er seine Kompaktheit verlor. Ich witterte den Angriff.

Unversehens schlugen Levs Finger die Richtung nach oben ein, unter mein Kleid, hielten aber inne, wo die Wärme in Hitze überging. Ich presste meine Lippen auf seine und zerwühlte sein Haar. Die ersten Küsse waren sanft, wir mussten uns die Weichheit, die Textur des Fleisches einprägen. Wir sahen uns in die Augen, Stirn an Stirn, ein törichtes Spiel der gegenseitigen Besitzergreifung.

„Gewöhnlich bin ich ein besserer Gastgeber“, sein Atem wurde in meiner Kehle zur Wollust, wanderte in den Bauch und strömte hinab zu den Schenkeln, „aber ich kann nicht mehr warten.“ Die Küsse wilderten aus zu Bissen.

„Auch ich kann nicht mehr“, flüsterte ich, als sich seine Finger zwischen meine Schenkel bohrten. Ich presste seine Hand zwischen sie, wiegte mich auf und ab, hin und her, damit wir uns gemeinsam dem Höhepunkt näherten. Kurz bevor wir ihn fanden, zog ich seine Hand ins Freie.

Ich knöpfte sein Hemd auf und er versenkte sein Gesicht in mein Dekolleté. Mit den Lippen fuhr er am Saum des BHs entlang und schob ihn hinunter. Das Grün sah mich an: „Was für schöne Brüste du hast. Ich wusste, dass sie schön sein würden.“

Ich musste lächeln und begann gleich darauf zu stöhnen. Mit Lippen und Händen umschloss er meine Brüste und verlor sich zwischen ihnen. Er überschüttete meinen Bauch mit Küssen und glitt weiter hinunter. Als er unten war, ließ ich meinen Kopf zurückfallen. Seine Zunge war scharf, glühend genau. Sie brannte mich.

Wütend, gierig griff ich nach ihm. Ich wollte unter seine Haut, ich wollte ihn unter meiner. Es gelang mir, seinen Hosenbund zu fassen und ihn nach oben zu ziehen. Auf mich. Er musste spüren, dass ich nichts mehr brauchte, dass längst der Wahnsinn in meinen Augen flackerte. Geschickt knöpfte er die Hose auf und strampelte sie von sich. Seine Berührungen verströmten sich überallhin, aber er kontrollierte ihre Wirkung, als er sich in der Unterhose an mein Schambein drückte.

„Und du bist genau so, wie ich gehofft hatte“, hauchte ich. Mit der Linken schob ich seine Unterhose nach unten, mit der Rechten meine. Mit den Armen noch immer in den Ärmeln des Kleids, umklammerte ich ihn. Seine Narbe klebte an meiner Wange. Als ich ihn spürte, hörte ich ihn auch. Wenn ich gekonnt hätte, hätte ich ihn ertränkt.

Es war schon nach halb sieben. Lev blinzelte, nackt saß er, an das Klubtischchen gelehnt, auf dem Boden. Sein Penis baumelte zwischen den Schenkeln wie der verwelkte Stiel einer Blume im Büro. Die Hände lagen, nach oben gekehrt, neben seinen Pobacken. Die Spermatropfen auf meinem Bauch waren getrocknet, die Flecken begannen zu jucken. Von unseren Körpern dunsteten – intensiv – Zeder, Moschus, Rosen. Ich lag auf der Couch, sah zu dem Mann mit den grünen Augen und wollte etwas zu ihm sagen. Was auch immer. Ich brachte nur ein „Danke“ heraus. Ich war mir nicht sicher, ob er mich wirklich gehört hatte, sein Gesichtsausdruck blieb entspannt.

Ich stand auf und streichelte ihm, bevor ich ins Badezimmer ging, über den Kopf. Meine Nacktheit vermochte den Mann, der, als ich vorsichtig über ihn hinwegtrat, unter meinem Geschlechtsorgan lag, nicht zu wecken.

Ich ging unter die Dusche und besah mir die Gegenstände in der Kabine. Die Badezimmerfliesen, die Anordnung der Schränke und Kästen, die Farbe des Lichts – nichts von alledem erzählte mir die Geschichte des Mannes, mit dem ich die letzten Stunden verbracht hatte. Als ich mich in Ordnung gebracht und mich vergewissert hatte, dass die Spuren meines Sonntagnachmittags sich tief in mich hineingekerbt hatten, dass mein Körper wieder neutral war, untersuchte ich die anderen ebenerdigen Zimmer. Irgendwie suchte ich nach einem Mehrwert. Nach einer Bedeutung. Etwas wollte ich mit nach Hause nehmen.

Ich kehrte ins Wohnzimmer zurück, wo sich Lev, noch immer nackt, im Sessel räkelte. Die Muskeln seiner Arme, Beine und seines Bauchs waren erschlafft, ihre Konturen waren verblasst. Erst jetzt bemerkte ich, dass er diese Art Bauchnabel hatte, die ich schon immer komisch fand, nach außen gewendet, als würde er noch immer eine Nabelschnur austreiben. Seine Augen verharrten, obwohl er die Lider noch immer halb geschlossen hatte, in ihrer Blickrichtung. Mit den Händen glitt er über seinen Körper und verhielt obszön auf seinem Penis. Er zeigte mir, wie viel er mir noch zu geben hätte und geben wollte, aber mich brachte der Anblick zum Lachen.

„Entschuldige, ich stehe ein wenig neben mir", log ich, „für mich ist das hier wirklich eine außerordentliche Situation."

„Ich hoffe, außerordentlich in jeder Hinsicht", grinste er. Zwischen uns vermochte sich auch jetzt kein Gespräch zu entwickeln, nach der offengelegten Leidenschaft. Er verhinderte es geradezu. Plötzlich war ich ihm für die Direktheit sogar dankbar.

„Ja, in jeder Hinsicht", bestätigte ich, „du bist gut, wahnsinnig gut."

„Du aber auch, Eva. Schon als ich dich am anderen Ende des Saals erblickte, wusste ich, dass du es sein wirst."

Er trat vor mich: „Ich irre mich selten."

Er streichelte mich an den Armen, grub mit seinen Händen in meinen Hüften, suchte mein Becken mit seinem und küsste mich. Auf seiner Zunge schmeckte ich Zigaretten und die Herbheit von Rotwein, von rohem Fleisch. Den Kuss beendete ich mit einem herzigen Schmatz und klatschte ihm auf seine Pobacken.

„Ich muss gehen, weißt du. Tut mir leid. Ich würde noch." Was auf einer Lüge gründet, kann Tausende tragen.

„Ich weiß, das werden wir auch. Du weißt, wo ich wohne, meine Telefonnummer hast du."

Ich küsste ihn auf die Narbe und ging hinaus. Er hüllte sich in eine Decke und begleitete mich. Auf dem kalten Flur zitterte er und trat barfüßig von einem Fuß auf den anderen, trotzdem hielt er mir den Mantel hin. Während ich hineinschlüpfte, kam mir der Gedanke, dass ich in den Ehebruch genauso schnell hineingeschlüpft war wie in die Ärmel. Ich drehte mich um und umarmte ihn, die Umarmung füllte er sofort mit Begierde, er knetete meinen Po und vergrub sich an meinem Hals. Er wiederholte die ersten Buchstaben des Alphabets, obwohl ich den letzten schon ausgesprochen hatte. Ich schob ihn sanft zurück, öffnete die Tür und trat hinaus in den frisch gefallenen Schnee. Ich nahm die Treppenstufen und winkte Lev, bevor er im Dunkel des Hauses verschwand, zum Abschied zu.

Ich setzte mich ins Auto und startete den Motor. Das Auto brummte los, und es war, als wäre ich nach mehreren Tagen zum ersten Mal wirklich allein. Mein Brustbein entspannte sich und maß die Herzschläge gleichmäßig. Meine einzigen Zeugen waren die Lichter an den Straßen und Gassen. Hochgewachsene, stille Typen, musste ich denken und lachte laut. Ich fuhr schnell, denn ich hatte es eilig nach Haus. Nicht wegen der Uhrzeit, nicht weil ich mir Sorgen gemacht hätte. Ich hatte mir etwas angeeignet, etwas, das es wert war, gehegt und gepflegt zu werden; es waren nicht die Erinnerungen, es war etwas ganz anderes. Etwas Immaterielles, aber Gewichtigeres.

Gelöst und ruhig bog ich zu Haus in unsere Garage ein. Wie eine Löwin, die gejagt, getötet und ihre Beute gefressen hat.

Lev fand ich am Boden inmitten einer langen Kette verhedderter Weihnachtslichter und verstaubter Schachteln.

„Liebling! Du hast es überlebt! War es die ganze Zeit über so furchtbar?" Mit seiner freien Hand fasste er meine Waden und küsste meine Knie. Er sah mich erwartungsvoll an, als müsste ich gleich aus der Torte springen.

„Letzten Endes war es ganz in Ordnung. Ich habe sogar etwas dabei gelernt." Ich war überrascht, dass ich die Wahrheit sagte und dass sie in unseren Wänden hoffnungsvoll klang.

„Wunderbar, wirklich. Ich habe mich nach dem Klettern an das Schmücken des Baums gemacht. Aber du warst zu schnell, ich dachte, dass ich fertig werde, bevor du kommst. Aber jetzt können wir das gemeinsam machen." Staubflocken tanzten zu meinen Füßen. Ich starrte auf die Knoten, auf die lange Schlange, die sich um meinen Mann wand. Die Zierlampen mussten jedes Jahr aufs Neue aufgedröselt und abgewischt werden, damit sie am Baum würdig leuchteten.

Ich beugte mich hinunter und küsste ihn auf die Nase. Sein Haar duftete nach Moos. Ich warf den Mantel auf die Couch und setzte mich zu ihm. Mit der Hüfte rührte ich an seine Pobacke. Ich griff nach den Lichtern und zupfte mit den Fingernägeln am Kabel.

„Das ist nicht so leicht, wie es aussieht“, murmelte ich, „vielleicht könnten wir neue kaufen.“

„Nicht gleich aufgeben“, lächelte er, „diese Lichter sind so schön, solche finden wir kein zweites Mal. Du willst doch wohl nicht die Sterne, diese kitschigen?“

„Nein, die will ich bestimmt nicht.“ Ich richtete mich auf und betrachtete das Profil meines Mannes. Über der Oberlippe entdeckte ich eine kleine Delle, um die herum keine Haare wuchsen. Dieses Detail, diese Lichtung zeigte die Lichtung, die ich mit nach Hause gebracht hatte. Ich vertiefte mich in den Auftrag, den sie mir erteilte.

Der Nagel am Zeigefinger gab bald seinen Geist auf und brach ab. Ich spielte Verbitterung, streckte Lev die Hand unter die Nase und wedelte ungeduldig mit den Fingern.

„Bitte pusten, es tut weh“, den letzten Vokal zog ich nach Kinderart in die Länge.

Er blies auf den abgebrochenen Fingernagel und ich starrte auf seine geschürzten roten Lippen. Er sah mich von unten her an, in seinen blauen Augen lauerte die hungrige Bestie. Wie lange mochte sie schon lauern, fragte ich mich. Wie hatte ich sie nur übersehen können, wunderte ich mich. Ich lockte sie näher.

Er senkte die Lippen auf meine Hand und wanderte den Arm hinauf, bis zum Hals. Er küsste mich nicht nur, er kaute mich.

„Lieber“, flüsterte ich und schlang meine Beine um seinen Leib. Zusammen fielen wir auf den Teppich und zermalmten die Weihnachtskugeln unter uns. Die Plastikstücke stachen uns, sodass wir zugleich aufstöhnten. Ich erkannte seine Stimme nicht wieder. Sie war schneidend. Fremd, aufregend fremd.

## Er band sich die Krawatte

Isabela würde mit ihren kleinen Lippen in seinem Gesicht herumbrabbeln und kichern. Mit einem Blick würde er die Uhr streifen. Der Nachttisch vor ihm würde flimmern, als wäre er nicht wirklich.

„Isa, was tust du? Es ist Samstag, und es ist kaum neun."

Das Mädchen würde sich auf dem Bett aufrichten, sich breitbeinig hinstellen und die Hände in die Hüften stützen. Sie würde ihm größer vorkommen als gewöhnlich, aber er würde denken, dass der Blickwinkel daran schuld ist. Kinder wachsen nicht über Nacht.

Feierlich würde sie verkünden: „Ich und Mama haben schon das Frühstück vorbereitet. Mama ist schon um sieben aufgewacht, aber du schläfst noch immer wie ein Bär."

„Vielleicht bin ich ja ein Bär", würde er heiser bemerken und sich auf die andere Seite drehen. Er würde spüren, wie die Matratze unter ihm einsinkt. Treibsand.

„Du bist wirklich tollpatschig. Ich habe gehört, wie du in der Nacht gegen die Kredenz im Flur gestoßen bist und die Vase umgeworfen hast. Und dann noch hässlich geflucht hast."

Für Isabela war die menschliche Tollpatschigkeit noch immer unschuldig, vergleichbar mit der Tollpatschigkeit der

Tierkinder, die sie im Tierpark gesehen hatte. Gern stellte er sich vor, dass sie ihn noch nicht durchschaut hatte; sollte sie das tun, würde sich seine Schwachheit in Bosheit verwandeln, würde aus dem Zufall Vorsatz werden.

„Ich habe sie umgeworfen, aber ich habe sie nicht zerschlagen. Wäre ich ein Bär, hätte ich sie nicht nur zerschlagen, sondern sie unter meinen Tatzen zermalmt."

„Das stimmt, aber jetzt, Papi, haben wir keine Zeit für diese Diskussion", würde sie förmlich werden, „bist du denn nicht hungrig?"

Das Wort „Diskussion" würde er einer Sechsjährigen nie zuschreiben. Verwundert würde er sich aufsetzen und aufstehen – bei jeder Bewegung eine Salve von Krämpfen –, sie umarmen und hochheben. Das Mädchen würde sich in der Umarmung langmachen wie ein Stängelchen, mit den Fußsohlen würde sie gegen seine Schenkel treten. Er würde befürchten, dass er sie, verkatert, wie er war, nicht werde tragen können, doch sie würde kaum spürbar leicht sein. Auf dem Weg zum Esszimmer würde sie ihm ein Krönchen auf den Kopf setzen, das sie von der Türklinke ihres Zimmers abnehmen würde.

Ins Esszimmer würde ein türkisfarbenes Licht hineinscheinen, er würde bemerken, dass auch die Fenster der umliegenden Häuser türkisfarben glänzten. „Schau, schau, wen haben wir denn da. Guten Morgen, Eure Hoheit."

Über die Zeitung hinweg würden ihn zynische Augen fragend ansehen, und über sie würden neckisch Strähnen kastanienbrauner Haare fallen. Auch die Augen, von denen er sich nicht würde abwenden können, würden türkisfarben leuchten. Die Zeitung würde sie nicht auf die Knie legen, die dünne Papierwand zwischen ihnen würde bestehen bleiben. Eine luftdurchlässige Wand, aber – eine Wand.

„Isabela, geh dir die Hände waschen, wenn du wieder mit dem Hamster gespielt hast."

„Aber Mami, er ist doch sauber. Er geht doch nirgends hin."

„Das ist nicht wichtig. Wenn du ein Kätzchen bekommst, musst du dich ans Händewaschen gewöhnen. Kätzchen gehen überallhin und kriegen alles Mögliche. Je eher du dich daran gewöhnst, desto leichter wird es für dich sein."

Er würde wissen, dass die Sorge um die Hygiene dieses Mal ein Vorwand ist. In Isabelas Gegenwart zeigte Kristina ihr Unglück nie. Das bisschen, das sie noch wollte, zeigte sie immer nur vor ihm. Sie war überzeugt, dass ihr kleiner Wirbelwind noch genügend Zeit haben werde, sich mit der Wirklichkeit vertraut zu machen. Ihre Ideale brauchte man nicht schon in der Kindheit in irgendwelchen Hexentränken weichzukochen, denn ihr ganzes späteres Leben würde darauf ausgerichtet sein, sie ihr zu nehmen.

Isabela würde abschwirren ins Badezimmer und Kristina würde die Zeitung endlich zusammenfalten. Den Kontrast zwischen ihren vielsagenden Augen und den blassen Lippen würde der Schatten vertiefen, den die Jalousien auf ihre Wangen und Nase werfen würden.

„Gestern war unser siebter Hochzeitstag." Die Düsterheit ihrer Stimme würde ihn im Nacken schmerzen und rasch zu Bedauern schmelzen. Das würde auf alle vom Alkohol glühenden Gewebe in seinem Körper drücken. Er würde stöhnen.

„Das ist alles, was du zu sagen hast?"

„Ich weiß nicht, wie ich mich bei dir entschuldigen soll, Kristina."

„Überleg gut."

Kristinas bedeutungsschwangere Töne würden ihn beunruhigen. Er würde die Hand über die Tassen und Teller hinweg ausstrecken, um das Gesicht seiner Frau zu berühren; er würde sie nicht nur berühren, er würde sie rühren wollen. Unmittelbar bevor er sie erreichen würde, würde sie aufstehen und zum Kühlschrank gehen, und Isabela würde ihr nachlaufen und ihr rechtes Bein umklammern.

„Mami, ich bin sauber, ich habe mir die Hände gewaschen, ganz bis unter die Achseln."

Beide Eltern würden laut auflachen und, überrascht über die harmonische Tönung ihres Lachens, einen Blick wechseln. Ihr Blick würde in Schichten zerfallen wie das Erdreich: an der Oberfläche Verachtung, eine Schicht tiefer Angst, zwei Schichten tiefer Wut, drei Schichten tiefer Einsamkeit, und die tiefste Schicht, eine Schicht, die kaum noch atmete, Hoffnung.

Sie würde sich fassen zu einem: „Nun, brav, und jetzt kannst du etwas essen. Nur mit der Butter warte, sie ist ranzig geworden, ich gebe dir die Margarine."

Das Mädchen würde süß mit dem Besteck klappern. Die Spannung, die am Tisch vor ihrem Kommen geherrscht hat, würde überhaupt nicht zu ihr durchdringen. Sie würde die Melodie seines Lieblingslieds summen. Er würde nicht wissen, woher sie sein Lieblingslied kennt, ein ausgesprochen erwachsenes, das von gebrochenen Herzen und von Verlust erzählt.

„Wann gehen wir heute in den Zoo?"

„Heute gehen wir nicht, Liebling", würde er antworten, „ich habe das Auto noch nicht zur Reparatur gebracht. Und schau, das Wetter ist auch nicht besonders angenehm. Der Wind weht, du würdest frieren."

Kristina würde bei der Erwähnung des Autos zusammenzucken.

„Dann können wir auch nicht zu Fuß?"

„Nein, Isabela, leider nicht. An solchen Tagen schlafen die Tiere ohnehin, so wie ich vorhin geschlafen habe."

„Spielst du dann jetzt mit mir?"

Er würde zusagen, und Isabela würde ihn schon vom Tisch wegziehen. In ihr beginnendes Spiel würde Kristina eingreifen: „Pascal, hilf mir bitte mit dem Geschirr, fünfzehn Minuten brauche ich dich." Isabela würde in den oberen Stock laufen, um die Spielsachen für neue Aktivitäten vorzubereiten, während er sich seiner Frau nähern und riechen würde, wie sich die Zitrustöne im nervösen, wütenden Schweiß verlieren.

„Was hast du mit dem Geld gemacht, das ich dir für das Auto gegeben habe? Hast du es gestern vertrunken?"

Hinter seiner Stirn würde es zu schrillen beginnen, sein Kinn würde auf die Brust kippen und er würde sich mit den Händen ein paarmal durch die Haare und übers Gesicht fahren.

Seine demütigen Schafsaugen, tief im rot angelaufenen Gesicht versunken, würden sie anekeln.

„Wie konntest du, Pascal? Wie konntest du dir erlauben, mein Geld zu nehmen und es fürs Trinken auszugeben?"

Ihren Ekel würde sie durch die Lippen zischen, die Lautstärke würde der gleichen, mit der sie ihm einst ihre Liebe bekannt hatte.

„Entschuldige, Kristina. Irgendwie werde ich mich revanchieren."

„Das kannst du nicht, erinnerst du dich? Du hast kein Geld, erinnerst du dich?"

Sie würde das Küchentuch an den Rand des Abwaschbeckens schmeißen und in Richtung Badezimmer abmarschieren. Trotz ihrer Wut würde sie völlig beherrscht sein, er würde sie nicht wegrennen oder mit den Türen schlagen oder mit den Augen eines Opfers zurückblicken sehen. Sie würde verschwinden, noch bevor sie am Ende des Flurs angekommen sein würde.

Mit dem Rücken würde er sich ans Küchenpult lehnen und versuchen, die Übelkeit im Magen zu unterdrücken, an etwas anderes zu denken, an alle wichtigen Dinge, die sich an diesem Morgen aneinandergereiht hatten. Vor ihm würde sich der mit zarten Porzellantellern und -tassen gedeckte Esstisch bemühen, von den glücklichen Tagen seiner Familie zu zeugen. Auf Kristinas Teller würde ein einziger Krümel liegen, der wahrscheinlich zufällig dort gelandet war. Er hatte ihr den Appetit genommen. Neben ihm konnte sie nur etwas Kaffee trinken. Das Gefühl der Niederlage, stark genug, um ihn aus der morgendlichen Dumpfheit zu reißen, würde er abschwächen können, wenn er sähe, wie viel Isabela gegessen und getrunken hatte. Alles, was sie berührte, wurde bunt und fröhlich. Er würde zu weinen beginnen. Er würde so laut schluchzen, dass er den Specht übertönen würde, der unerschütterlich in den Herbst klopfte. Er würde so stark schluchzen, dass er die Ablagerungen der vergangenen Nacht aus seinem Körper herausspülen würde – zumindest würde er es hoffen – und den ängstlichen Mann, der er geworden war.

Die Treppe herunter würde Isabela kommen und mehrere Minuten bestürzt vor ihrem Vater stehen. Sie würde zu ihm treten und seine Hände zu lösen versuchen. Sie würde seine Hände drücken und sagen, verwundert, wie das nur Kinder können: „Ich wusste gar nicht, dass du auch weinen kannst, Papi."

Er erwachte mit einem panischen Seufzer. Er tastete um sich herum und fühlte das feuchte, an manchen Stellen durchnässte Bettzeug. Kristina war nirgends zu sehen. Die Sonne drang durch die schmalen Schlitze der Jalousien und blendete ihn. Er strampelte die Decke von sich und setzte sich auf. Er sah sich im Schlafzimmer um und blickte aus dem Fenster, um sich zurechtzufinden. Die Bettdecke, der Teppich, die Regale, die Bäume, die Räder, der Steg, der über den Bach in den Wald führte, die Schaukel, die großen und kleinen Kinderbälle – alles trat schärfer hervor. Die Gegenstände hatten ihren Liebreiz verloren, den wir ihnen zuschreiben. Die Menschen, die aus ihren Autos stiegen und die Häuser betraten, strahlten animalische Teilnahmslosigkeit aus. Er starrte auf einen Ort ohne Liebe, auf die entzauberten Umrisse seines Lebens. Was er fühlte, war nicht mehr Trauer. Es war mehr und weniger als das. Die Trauer hätte er mit seinen Tränen wegspülen können, er hätte sie weggeweint und vergessen, aber es gibt Orte, wohin Tränen nicht können.

Er versuchte sich zu erinnern: Seine Tage pendelten ohne Akzente in die Nächte und wieder in die Morgen. Klar sah er nur ihren letzten Morgen. Die übermütige Isabela, die sich den Mantel anzieht. Kristina, die sein schlechtes Befinden und seine Kopfschmerzen versteht, ihn verhalten auf die Wange küsst und die Tür schließt. Mutter und Tochter, die sich in das Auto mit den kaputten Bremsen setzen. Die Tochter, die sich auf ihrem Sitz umdreht und zum Abschied winkt. Das fahle Herbstlicht, das über die Scheibe gleitet und ihr kleines Gesicht verwischt, sodass die grünen Augen mit der aufgebogenen Nase verschmelzen und diese im Mund verschwindet. Kristina, die mit einer ungeduldigen Bewegung ihr Haar in Ordnung bringt, das im Rücken ziept, und sich im Rückspiegel noch einmal prüfend ansieht. Der Vater, der nicht weiß, was er sich mit seinen Lügen eingehandelt hat, und sich missmutig und gereizt von der Tür abkehrt und sich auf der Couch ausstreckt, wo er erneut einschläft.

Der Wind hämmerte gegen das Blech, als wollte er sich für etwas rächen, er verwischte die Bilder des Waldes und der entgegenkommenden Autos. Wie ein Metronom taktete er alle Klänge.

Deutlich sah er Kristinas Hass und Isabelas Verzweiflung, als sie sich bewusst wurden, dass für sie beide alles zu Ende war. Die Luft saugte sie in sich ein. Seinem kleinen Mädchen schnürte es vor Grauen die Kehle ab. Sie starb leise, mitten im Lärm. Sie umarmte die Mutter, verbarg sich in ihr, damit die Mutter sie beschützt. Er stellte sich vor, wie Kristina ihr vor dem Aufprall die Augen zuhält, damit sie den Grund des dunklen Grabens nicht sieht. Er stellte sich vor, wie sie, als die ersten Äste krachen, ihr zuschreit, sie solle keine Angst haben. Dass sie sie liebe. Wie er dort ist, um es ihnen auch selber zuzuschreien.

Wie der Ehering, den Kristina vor der Fahrt abgenommen hat, aus dem offenen Handschuhfach in ihren Schoß rollt. Und in der offenen Wunde ihrer linken Hand gefunden wird.

Er hatte mit Agonie bezahlt, anders durfte es nicht sein. Er war unter Menschen abgeglitten, die es nicht wert waren, geliebt zu werden. Sein Platz war ihm bestimmt. Er hatte ihn akzeptiert.

Zitternd stand er vom Bett auf und ging zum Schrank. Auf den Bügeln hingen Kristinas Kleider, die stummen Zeugen ihrer Tage, wenn sie arbeitete, ihrer Einkaufsgänge, ihrer Unterhaltungen an den Geburtstagen. Er atmete ihre Düfte ein, Bergamotte, Zitrone, Orange. Er berührte alles, was einmal sie berührt hatte. Auf dem Regal über den Kleiderbügeln lag Isabelas Strickmütze, das letzte Geschenk ihrer Großmutter. Er atmete auch sie ein. Sie duftete anders, als Kinder gewöhnlich duften – ihr Haar verströmte die Frische von Frühlingsgras. Er hockte sich zwischen die Kleider und setzte die Kurven von Kristinas Körper zusammen, die ihn völlig verlassen hatten, obwohl er zwischen ihnen Stunden um Stunden verbracht hatte. Bei ihm war nur ihre tiefe harte Stimme geblieben. Er hörte die Gespräche, die sie im Schlafzimmer geführt hatten, einer an den anderen gelehnt oder an die kühle Wand. Er zählte ihre Streite und ihre Nähen, die ihm fehlten. Er war sich bewusst, dass die Sphären der Intimität, die sie einst gemeistert hatten, nicht über die Schwere des Folgenden hatten hinwegtäuschen können. Er ging in das Zimmer seiner Tochter und blätterte in dem Bilderbuch, aus dem er ihr vorgelesen hatte. Er malte ihr Malbuch fertig: ein Haus, ein Hund, ein Mädchen, die Sonne. Genauso wie sie sparte er mit dem Gelb. Er setzte ihre Plüschtiere aufs Bett und ordnete sie nach ihrer Zusammengehörigkeit: Pinguin, Ente, Kakadu zusammen, Löwe, Tiger, Katze zusammen, Elefant und Schildkröte jedes an seinen Platz, ein Jahresring kindlicher Weisheit. Aus der Schublade holte er das Lieblingskleid seiner Tochter hervor und trug es ins Schlafzimmer, legte es vor der Tür auf den Boden und streichelte es. Daneben lag schon Kristinas Kleid, das sie in ihrem ersten gemeinsamen Urlaub gekauft hatten. Unter den zahlreichen, unordentlich in der Schublade durcheinander liegenden Krawatten fand er die beste – blaue Seide, durchwebt mit feinen Silberfäden. Das letzte Mal hatte er sie zum Abendessen an ihrem fünften Hochzeitstag umgebunden. Zu dem Kleid seiner Frau, das auf dem Boden ausgebreitet lag, hatte sie hervorragend gepasst. Das schmalere Ende der Krawatte knüpfte er an die Türklinke, dann kniete er sich, den Rücken der Tür zugekehrt, unter sie, zwischen das Kleid seiner Frau und das seiner Tochter. Das breitere Ende band er sich um den Hals, machte einen kleinen, aber festen Knoten und setzte sich. Die Klinke senkte sich, hielt sich aber unerschütterlich an der Tür, ein treue Verbündete, ausdauernd und schweigsam. Er musste schnaufen, die Seide hatte sich entschlossen an seine Haut gelegt und drängte tiefer. Er roch Myrte, den Geruch der Mutigen und Würdigen, eine letzte Ironie. Ins Schlafzimmer drang rotes Licht, dicht wie eine Stickerei legte es sich auf seine Glieder. Der Blumentopf neben dem Bett erwachte und blühte auf mit Tausenden bunten Blüten, die zur Decke aufstiegen und sich über die Wände ergossen. Das Bettzeug schimmerte wie Schnee, der Schimmer schälte sich ab, stieg in die Luft und drang in seine Nasenlöcher. Er hörte Musik und Kristinas Singen. Isabela schnitt auf dem Bett Fratzen und machte Hechtsprünge, sie suchte seine Aufmerksamkeit. Ihr langes, schweres Haar wand sich um ihren porösen Leib und fraß sie auf. Das Schlafzimmer kippte um in einen Raum voller Haare, kastanienbrauner, kräftiger, gelockter, ungebändigter Haare, die sich wie Fangarme streckten und zu seinen Beinen krochen. Mit den Händen versuchte er den Griff der Krawatte zu lockern, aber die Hände hatten sich schon von seinem Willen gelöst. Es war recht so. In der Beckengegend spürte er die Vibrationen eines Lachens, doch auf seinen Lippen regte sich nichts. Es blieb nur ein Rauschen. Er fragte sich, ob auch ihnen die Welt schöner geschienen hatte als gewöhnlich. Ob auch sie beide gefühlt hatten, dass …

# Der Große Wagen

Neurotikern sollte es nicht erlaubt sein, Geschichten zu erzählen, vor allem nicht die Geschichte ihres Lebens. Wir Neurotiker wissen zu viel und schweifen schnell ab, den Wahrheitsgehalt eines Erlebnisses durchwirken wir mit Analyse, mit Erklärungen und anderem, lediglich rhetorischem Schnickschnack. Wir Neurotiker wären keine Neurotiker, wenn wir auf moderne Weise ehrlich sein und zugeben könnten, dass wir den Karren gegen die Wand gefahren haben. Niemals fällt es uns schwer, den kleineren Teil der Verantwortung für unsere Situation zu übernehmen – für einen unangebrachten, übereilten Kauf zum Beispiel – und großzügig über die Oberfläche unserer massiven diffusen Probleme zu diskutieren, doch sollte man uns größere Anstrengung abverlangen, führt das zu einem regelrechten *Saustall.* Wo wir Verantwortung übernehmen müssten, halten wir als Ersatz ein Birkenreis bereit. Damit geißeln wir uns und bekennen öffentlich unsere Schuld, für die wir Vertreibung, Verstümmelung, ja, den Tod verdienen würden. Wir schlagen richtig zu, bis zu tiefen, dauerhaften Verletzungen, die wirklich schmerzen, mehr schmerzen als die unglückliche Aufforderung zur Verantwortung. Weil unser Umfeld in der Regel durchaus nachsichtig vorgeht, verlangt es keine großen Persönlichkeitsveränderungen von uns, was natürlich nicht bedeutet, dass wir das Birkenreis nicht mehr bräuchten. Wir können nur einen noch größeren *Saustall* anrichten, denn zwischen der einen und anderen Selbstbeschädigung regenerieren unsere Ausweichkräfte so weit, dass wir aufzuleuchten vermögen wie eine Raffinerie im Halbdunkel der Küste Asturiens. Einen *Saustall* wird keine seelisch stabile Person anrichten, eine Person, die den Überblick hat und fest mit beiden Beinen im Leben steht, die weiß, dass wir Menschen im Laufe des Lebens alle oftmals Mist bauen, der Unterschied besteht nur in der Intensität, und deshalb sieht sie auf ihre Stellung nicht wie auf etwas, was ausgesprochen schrecklich wäre, oder etwas, was sie sich nie vergeben könnte oder von dem sie genauso gezeichnet wäre wie von Lepra oder Gangräne. Eine derart seelisch stabile Person wird sich ein paar Tage lang nur *schlecht* fühlen, dann aber ihre kreativen Kräfte auf die *Fortsetzung* des Existenzprojekts richten, ohne mit besonders ätzenden Gefühlen in jene Phase der Vergangenheit zurückzukehren, in der sie eher schwächlich oder unklug gehandelt hat. Nach ein paar Tagen des *Schlechtfühlens* würde sie also nur mit der Hand abwinken, *über sich selbst* lachen und sich besonders heiter, fast optimistisch über die Arbeitsdokumentation in ihrem Büro beugen. Der größte Schmerz eines Neurotikers, also mein Schmerz, besteht folglich darin, dass er weiß, wie man auf die Dinge angemessen zu reagieren hat. Ich weiß, wie ich meine Geschichte zu erzählen habe, um Ihre Aufmerksamkeit zu fesseln und den Eindruck von Sinn und Bedeutung zu erwecken, allerdings kann ich auf die Lebensverantwortlichkeiten trotzdem nicht zusammenhängend eingehen, und möchte zugleich Ihre Aufmerksamkeit vielleicht nicht wirklich erlangen, weil das bedeuten würde, dass Sie anfangen, mich als gleichberechtigtes Mitglied der Gesellschaft zu behandeln, und von mir Maßnahmen oder Selbstverpflichtungen verlangen, die ich vielleicht nicht wirklich leisten möchte. Vielleicht möchte ich viel lieber erleben, wie Ihre Aufmerksamkeit schon bei der Einleitung der Geschichte versiegt, und ich könnte meine Angelegenheiten, meine Schande und meine Verhaltensweise für mich behalten, denn nur so – wenn ich meine inneren Gründe und meine Verhaltensweise für mich behalte – kann ich den Eindruck aufrechterhalten, dass ich aus Unwissenheit unvernünftig handle oder aus einer tiefen seelischen Beschädigung heraus, die durch extrem große Gewalt in der Familie oder durch Waisentum hervorgerufen wurde.

Wenn Sie nach alledem noch immer bei mir sind und mir zuhören, muss ich Ihnen erklären, warum ich beschlossen habe, meine Lebensgeschichte selbst in Worte zu fassen, warum ich Sie zum Zuhören eingeladen habe und warum ich das nicht einem erfahreneren, seelisch stabilen Schriftsteller überlassen habe. In Wahrheit habe ich mich zu diesem Unterfangen nicht freiwillig entschlossen, sondern auf Anweisung eines gewissen Kreises, dessen Mitglied ich vor genau einem Monat geworden bin. In diesem Kreis sind die≈Leitenden überzeugt, dass der Einzelne lichtmäßig, also energetisch, nur dann wiedergeboren wird, wenn er sich traut, seinem Leben eine Portion Ehrlichkeit einzumassieren. Von allen neuen Mitgliedern wird erwartet, dass sie ihre

Lebensgeschichte, den verfahrensten Teil ihrer Lebensgeschichte, mit dem Zufallspublikum teilen. Mit dem Enthüllen seiner selbst vor völlig Unbekannten soll sich der Mensch mit sich selbst versöhnen beziehungsweise, mehr noch, sich in sich selbst entspannen. Über Erklärungen zu Wirkungs- oder Vorgehensweisen zerbrechen sie sich nicht den Kopf, sie verlassen sich darauf, dass wir neuen Mitglieder *spüren,* dass dieser Weg der richtige, ja, der einzig mögliche ist. Offenbar bin ich jetzt an dem Punkt, wo ich meine Niederschrift mit angeblich befreiendem Inhalt füllen muss. Ich bin mir bewusst, wo meine Probleme angefangen haben, allerdings verhilft mir diese Bewusstwerdung überhaupt nicht zu einem Eingeständnis, genau in diesem Augenblick kommt mich die Versuchung an, die Schuld meinem Vater in die Schuhe zu schieben, der meine Mutter und mich verlassen hat, als sie vierundvierzig und ich gerade elf war. Mein psychologisches Bild würde ich mit der Anführung von Vaters Verschwinden außerordentlich wirkungsvoll konzipieren, Sie selbst könnten die Folgen der traumatischen Erfahrungen für mich interpretieren, ich bräuchte überhaupt nichts hinzuzufügen, Sie würden nur mit dem Kopf nicken – seit dem Jahrhundert der Hysterikerinnen ist allen Menschen klar, warum andere Menschen so sind, wie sie sind – und mir alle späteren schamlosen Verhaltensweisen vergeben, von wegen, der Junge wusste sich nicht zu helfen, wo er doch verlassen wurde, verstoßen, wo ihm doch sein Vater nicht ausreichend Liebe und Respekt hat zukommen lassen. Im Leben eines Menschen ist alles möglich, würden Sie zu mir sagen und könnten verstehen, weshalb mich meine Mutter nach Vaters Verschwinden schrecklich nachgiebig erzogen und mich nie mit Pflichten und Aufgaben konfrontiert oder mir auf irgendeine andere Weise Grenzen gesetzt hat. Der Junge hat schon genug gelitten, keine Mutter würde klarerweise zusätzlichen Druck auf ihn ausüben wollen, eine Mutter würde ihrem Kind lieber erlauben, sich ein wenig zu beruhigen, seine innere Unruhe zu besänftigen, Teller kaputtzuschmeißen, die es nie abwäscht, mit der Tür zu schlagen, hinter der eine aggressive Musik läuft, nicht die *hora legalis* einzuhalten, weil es nicht anders kann, weil es wütend ist, sein neues Fahrrad in den Fluss zu schmeißen, um seinen Freunden zu zeigen, was die richtige Einstellung zum Eigentum ist; jede Mutter würde in so einem Fall erlauben, dass ihr Kind immer neue Forderungen an sie heranträgt, denn dazu hat es das Recht, weil es verletzt ist. Diejenigen unter Ihnen, die sich schon einmal ausführlicher in die psychologische Fachliteratur vertieft haben, könnten etwas mehr über die allgemeinen Folgen einer nachgiebigen *paideia* beisteuern, aber erlauben Sie mir, dass ich hier nicht über eher abseitige Folgen diskutiere, denn das wäre geeignet, meine weiteren Ausführungen zu kompromittieren, ein Beitrag zur Soziopathie oder Psychopathie würde mir an dieser Stelle wirklich nicht groß nützen.

Ich möchte Sie nicht manipulieren, denn zumindest gegenwärtig bin ich überzeugt, dass ich zu großen Taten imstande bin. Also, ich muss sagen, dass meine Probleme im zweiten Jahr des Gymnasiums begannen. Diese Zeit ist für jeden Teenager, eben schon deshalb, weil er Teenager ist und deshalb keine Person sein kann, außerordentlich dramatisch. Das Dasein bedrückt ihn in physiologischer und existenzieller

Hinsicht. Das größte Leiden verursachte mir das Gefühl der Einsamkeit. Die Ursache dafür war vermutlich meine abstoßende Physiognomie, das ironische Erbe meines verschwundenen Vaters. Die Bartstoppeln, die damals schon hätten intensiv austreiben müssen, blieben stecken, meine Wangen wurden hohl und vernarbten schließlich mit Akne, um meine Hüften begann sich Streberspeck zu sammeln, mickrig, weiß, fast viskos, versteckte ich ihn unter ausgewaschenen schwarzen, übers Internet bestellten T-Shirts meiner Lieblingsbands. Wenn ich sage, dass die Ursache meiner Einsamkeit meine Physiognomie war, müssen Sie das im weiteren Sinne verstehen. Sie war nämlich nicht die unmittelbare, sondern die mittelbare Ursache. Obwohl eine Mehrheit der Menschen meint, dass sich die andere Mehrheit der Menschen hässlichen Menschen gegenüber ablehnend verhält, weil sie ihnen die Hässlichkeit übelnimmt, meine ich, dass es sich hierbei um ein weit verbreitetes, oberflächliches Vorurteil handelt. Meine Altersgenossen hätten mich vermutlich einfach als ihresgleichen respektiert, wenn ich mich meiner Hässlichkeit nicht selbst geschämt und sie zu einer feindlichen Gesinnung gegenüber jedem kalibriert hätte, mit dem ich zufällig zu tun hatte. Einige Freundlichkeiten teilte ich mit denjenigen, die sich der Vorzüge der indirekten Rede bewusst waren oder ähnliche Musik hörten wie ich, allerdings wagte ich nicht, mit ihnen eine tiefere Beziehung einzugehen, da ich Angst hatte, dass auch sie mich verlassen und verstoßen könnten, wenn sie mit den Konturen meiner Gefühlsdefizite Bekanntschaft gemacht hätten. Trotzdem genügten schon wenige flüchtige Kontakte mit diesen Personen, es waren genau drei, um mit ihnen anzufangen, Gras zu rauchen. Wenn es mir schon nicht gelang, eine echte emotionale Bindung zu ihnen aufzubauen, wagte ich es doch, mit ihnen situationsbedingte Kontakte zu knüpfen.

Bis zum Ende der Achten entwickelte ich zur Pflege und als Folge der angeknüpften Beziehungen eine richtiggehende kleine Sucht: Jeden Tag musste ich mindestens drei Joints rauchen, den ersten fast obligatorisch vor Unterrichtsbeginn, am liebsten bei einem ausgiebigen Kaffee, und den letzten vor dem Schlafengehen, denn wie jeder Grasraucher weiß, ist es unmöglich, in der Phase der Ernüchterung, wenn sich die Konturen der Wirklichkeit, die Bilder der versäumten Stunden, wenn man dazu überhaupt Bilder sagen kann, scharfkantig auf ihn legen, in den Schlaf zu finden, weshalb er eine flaumig-weiche Fortsetzung des abgestumpften Tages sicherstellen muss. Gras hat mir keinen übertriebenen Spaß gemacht, ich war nie einer jener Konsumenten, die hysterisch *über jeden Scheiß* lachen oder bunte Dinge sehen. Nein, Gras hat mich nur sicher eingehüllt, mich irgendwie über die Leere der Existenz hinausgehoben, die ich damals extrem literarisch erlebte – Camus, Sartre, schließlich noch Roth –, mit ihm konnte ich schweben und in die Zeit zurücksinken wie in zähen Schlamm. Mit Gras brauchte ich überhaupt nichts, wie festgenagelt saß ich auf der Bank am Fußballplatz mitten in unserer Siedlung und beobachtete das Flirren der Sonnenstrahlen auf dem gemähten Rasen. Manchmal kamen mir auch, wenn ich *stoned* war, finstere Gedanken, ich dachte an die Zukunft und an meinen Vater, allerdings konnte ich mir jedes Mal noch eine Tüte drehen und dafür sorgen, dass sich die finsteren Gedanken zu heroischen Plänen sublimierten. Manchmal habe ich, wenn ich *stoned* war und Visionen eines bedeutenden Lebens hatte, sogar laut mit mir selbst geredet. Ich begeisterte mich daran, wie bedeutend meine Standpunkte und Ansichten sein würden, wie ich jungen Männern als Vorbild dienen und mit einem Gelegenheitsaphorismus in der Lage sein würde, den existenziellen Druck mit einem Erlösungsversprechen zu lindern und über psychologische Angelegenheiten mit so großen Männern wie beispielsweise Daniel Stern zu diskutieren. Deutlich sah ich vor mir, wie ich mich mit zweiunddreißig Jahren von meinem weißen Bett erhebe, es ist Samstagmorgen, ich hülle mich in einen männlichen Umhang – auf keinen Fall Seide, vermutlich Frottee –, ich trete auf den Balkon hinaus, mein Blick schweift über die erwachenden Wohnanlagen, dann strecke ich mich im Liegestuhl aus und widme mich unter der trauten Maisonne der Lektüre einer Monografie meines Kollegen von der Abteilung für klinische Psychologie, der mich um eine Fachrezension gebeten hat.

Träumen meistert die kindliche Fantasie, werden Sie sagen, aber Sie müssen wissen, dass das absolut Höchste, was ich in meinem Leben gemeistert habe – was sich im Verlauf dieses Berichts herausstellen wird –, der Umstand ist, dass ich in dieser Phase formal kein Kind mehr war, sondern bereits in die wichtige Phase der mittleren Adoleszenz hinübergewechselt war, aus der die meisten Erdbewohner als Geschlagene hervorgehen. Der zunehmenden Sucht zum Trotz gelang es mir, so viel Motivation aufzubringen, dass ich mich für das Studium der Psychologie inskribierte, seit jeher oder zumindest seit dem Weggang meines Vaters war das meine große Liebe, wenngleich sie nicht gerade perfekt zu meiner bereits erwachenden Misanthropie passte. Vielleicht ging es überhaupt nicht um Psychologie, sondern um Eugenik. Scherz beiseite – mit damals bereit fünf Joints am Tag gelang es mir, mich durch die Matura zu schlagen, für die ich einzig mit den ziemlich gigantomanischen Standpunkten ausgestattet war, dass ich klüger bin als meine Professoren und dass sie mich deshalb nicht mit Bruchrechnungen oder mit der Geschichte der naturalistischen Literatur brechen können – was außer Zola ist überhaupt wert, erinnert zu werden? –, mir stand auch die erschöpfte Mutter bei, die überzeugt war, dass ich ein goldiges Kind mit goldiger Zukunft sei. Sie kochte mir überaus gesundes grünes Essen, das mein Gehirn ernähren und mit Sauerstoff anreichern sollte, was im Lichte der Tatsache, dass ich die meiste Zeit *stoned* und dehydriert war, doch ein einigermaßen seltsames Unterfangen war.

Das erste Jahr auf der Uni brach ich zwei der freundschaftlichen Verbindungen ab, hielt aber eine aufrecht, denn das einzige Mädchen aus unserem Gelegenheitsnexus hatte an derselben Fakultät wie ich inskribiert. Mit unserer Befreiungspraxis fuhren wir mustergültig fort, jeden Morgen trafen wir uns in einem Lokal, in dem uns der wohlwollende Besitzer mit seinem goldenen Feuerzeug die Joints wieder anzündete, die in der herbstlich-winterlich-frühlingshaften und sogar sommerlichen Feuchtigkeit ausgegangen waren. An diesen gemeinsamen Morgen trainierten wir hart, was bedeutet, dass wir uns in dem Falle, dass einer von uns krank wurde oder sich tatsächlich einmal zum Zahnarzt oder zu einer Urin- und Kotabgabe begeben musste oder einfach einschlief, kopflos zu verhalten begannen. Anstatt nach zwei morgendlichen Joints in den Vorlesungen zu fliegen und zu schweben, irrten wir voll der Sorge durch die Stadt, dass eine Phase vielleicht TATSÄCHLICH zu Ende ging und es geboten sei, mit diesem Lebensstil aufzuhören oder sich situationsbedingt mit jemand anders zu verbinden, aber wir zwei wollten mit diesem Lebensstil nicht aufhören und uns auch mit niemand anders verbinden, denn nichts Neues kann derartige Primärverbindungen ersetzen, die sich in den kränkesten Teenagerjahren gebildet haben. Das war die Zeit, als das Gras seine Traumwirkung allmählich verlor und an ihre Stelle langsam Paranoia trat; es ist sehr schlimm, wenn du anfängst, den Marihuanasüchtigen wie eine Grille aus dem Loch zu stochern, um mit ihm etwas zu tun, was er überhaupt nicht gewohnt ist, ihn, sagen wir, dazu zu bringen, auf einem Strohhalm zu balancieren oder ihn auf dem Rücken zu tragen oder gar mehrere Strohhalme auf dem Rücken zu tragen. So ein Süchtiger wird enorm getroffen, wenn seine tägliche Routine zusammenbricht. Denn die sichert seiner Existenz fast nie die materielle Grundlage, sondern nur und ausschließlich ihren Mehrwert.

Meine und Mancas Tage drehten sich so um immer dieselben Schlüsselforderungen: ein bis zwei Morgenjoints in der Bar des Autoklubs hinter der Fakultät, ein Besuch, vielleicht nur eine In-Augenschein-Nahme der morgendlichen Vorlesungen, denn es war nach dem gerauchten Joint mitunter extrem schwierig, anspruchsvolleren Inhalten zu folgen, für mich besonders bei Statistik, und Manca berichtete von großen Blockaden bei den Vorlesungen aus älterer französischer Literatur, weil sie die Thematiken der damaligen Schriftsteller nahezu *umbrachten* und sie nicht glauben konnte, dass die Geschichte einen solchen *Schotter* an das Ufer des geistigen Humankapitals gespült haben sollte. Während der Vorlesungen rauchten wir obligatorisch noch zwei bis drei Joints; am schlimmsten war es mittwochs, wenn wir zwischen den Vormittags- und Nachmittagsvorlesungen eine vierstündige Pause hatten, die wir jedes Mal gründlich haschischmäßig überbrücken mussten, auf den Uferböschungen des Stadtflusses oder, je nach Saison, irgendwo anders. Zu erzählen hatten wir uns immer noch schrecklich viel, angesichts der gemeinsam verbrachten Zeit genau genommen ungewöhnlich viel, deshalb spürte ich plötzlich, dass ich dieses Mädchen eigentlich gernhatte und dass ich mir auch geschlechtliche Beziehungen mit ihr wünschte und mich in Wirklichkeit interessierte, wie sie nackt aussah, wenn sie nicht ihre farblich kaum aufeinander abgestimmten Kleidungsstücke aus Baumwolle, zumeist Viskose, trug. In dieser Phase, am Übergang vom ersten zum zweiten Studienjahr, das zu absolvieren mir nur deshalb gelang, weil ich damals, auch wenn ich *stoned* war, noch lesen mochte, begann ich Manca diskret den Hof zu machen. Bis dahin hatte ich noch kein Mädchen gehabt, weil mir Angelegenheiten des Eros nicht viel bedeuteten, ich wusste, wie man mit einer Frau während einer geschlechtlichen Beziehung in etwa reden soll, wobei ich mich in pornografischen Filmen wiedersah, ich wusste aber nicht, wie ich mit ihr vor der Geschlechtsbeziehung kommunizieren sollte, damit es überhaupt zu der

Geschlechtsbeziehung kommt. Bisher war das Höchste, was ich in Sachen Erotik erreicht hatte, gewesen, dass ich im Gymnasium auf die sekundären Geschlechtsmerkmale der pubertierenden Mitschülerinnen masturbiert und mich in eine kleine *Heavymetallerin* mit angespitzten Nägeln verliebt hatte, die in der Siebten wieder von der Bildfläche verschwunden war, man raunte, dass die Eltern sie in ein andere Schule umgemeldet hätten, weil sie an unserer Schule von einem Schüler aus der letzten Klasse schwanger geworden sei, der außer schlechten Manieren auch Chlamydien hatte.

Manca machte ich den Hof, indem ich ihr einmal die Woche einen Joint aus dem besten Gras auf dem Markt drehte, hervorragendes Vergissmeinnicht, und mich auch bemühte, ihren Körper auf poetische Weise zu kommentieren.

Früher einmal war ihr Körper ausnehmend schön gewesen. Sie hatte langes, fast weißes, dichtes Haar, das sie in ihren schwierigeren Gefühlsperioden, was genau genommen andauernd der Fall war, zu einem dicken Zopf flocht, der immer von demselben weißen Gummiband gehalten wurde. In Bezug auf dieses Gummiband benahm sie sich obsessiv, muss man zugeben. Nie entwickelte sie eine Obsession in Bezug auf Gesichtskosmetik, wie sie von der Mehrzahl der Mädchen und Frauen entwickelt wird, trotzdem hatte sie immer glatte, porentief reine Haut. Ihre Hände waren ätherisch, Arme und Beine rankenartig, und ihren Bauch überzog eine Art Kinderspeck, der zuverlässig wabbelte, wenn sie lachte oder schluchzte. Obwohl sie unzulässig viel Gras wegrauchte, entwickelte sie keinen Heißhunger, seltsamerweise mochte sie überhaupt keine Süßigkeiten, berichtete nie von

Unterzuckerung, sondern warf sich lieber ein Steak und darüber ein paar Tomaten in die Pfanne. Das habe sie von ihrem Vater gelernt, versicherte sie mir. Wie üblich muss ich auch über ihr Gesicht berichten: Ihre Augen sind dunkelgrün mit braunen Flecken, manchmal, wenn ich total *stoned* war, hatte ich den Eindruck, als tanzten die Flecken auf ihrer Iris, deshalb kam sie mir fast ein wenig chthonisch vor, wie man sagt. Ihre langen Wimpern sind verklebt, jedes Härchen wächst in seine eigene Richtung, ähnlich uneinheitlich, wie sich ihre Seele entwickelt. Ihre Nase ist eigentlich nichts Besonderes, eine Nase an sich ist schon nichts Besonderes, weil es das einzige Organ im Gesicht ist, das aussieht wie ein *Organ*, es ist völlig funktional konzipiert, hat keine ästhetische Komponente, wie wir sie den Augen oder dem Mund zuschreiben.

Mancas Mund zu küssen hatte ich mir annähernd acht Monate lang gewünscht, bevor es wirklich dazu kam – dass es dazu kommen würde, habe ich nicht geglaubt, weil ich nicht zuletzt schon immer ziemlich hässlich bin, aber offenbar war es dafür, dass ihr meine Physiognomie keine Kopfschmerzen bereitete, ausreichend gewesen, dass ich einige Sphären der Nähe durchstoßen und sie durch ihre schwierigen Gefühlsperioden hindurch begleitet hatte. Ich kann nicht behaupten, dass ich nicht schon vor Jahren, als wir uns kennenlernten, auf eine angenehme Lösung gehofft hätte. Im Dickicht der allgemeinen Geilheit und dem Liebesbedürfnis von Heranwachsenden muss sie mir schon verlockend erschienen sein, doch dem habe ich bis zum zweiten Studienjahr keine so außerordentliche Bedeutung zugemessen.

Ich weiß nicht, wie sinnvoll es ist, von unserem ersten Sexualkontakt zu berichten, ich halte das nicht unbedingt für geschmackvoll, nicht nur deshalb, weil es nicht so geschmackvoll war, wie ich es mir gewünscht hätte, sondern auch, weil ich seit jeher Hemmungen habe, unterschiedliche Wörter für Vagina zu verwenden. Ich bin kein besonders gehemmtes Individuum, mir scheint nur, dass die Sprache bei den Synonymen für Vagina immer kläglich versagt. Natürlich könnte ich die Beschreibung unserer ersten Sexualerfahrung – ich war für Manca ebenfalls der erste Geschlechtspartner – auch mit anderen Wörtern garnieren und den Problemen zur Gänze ausweichen, allerdings kann ich mit solchen Umschreibungen überhaupt nichts anfangen. Ich kann nur sagen, dass wir super *stoned* waren und dass es am ersten Tag im Herbst passierte, was dieser Erfahrung einen besonderen Symbolwert verleiht. Zu unserer ersten Sexualerfahrung führte natürlich die Verwendung einer erotischen Ausdrucksweise mit *ich liebe dich* (von ihrer Seite) und *ich hab dich lieb* (von meiner). Dieser Asymmetrie schenkten wir keine besondere Aufmerksamkeit, es galt, sich auf die körperlichen Aktivitäten zu konzentrieren, was für einen Marihuanasüchtigen in der Regel eine beschwerliche Aufgabe darstellt.

Nach dem erlösenden *ersten Mal* brauchten wir vier Monate, bis wir mit erheblicher finanzieller Unterstützung unserer alleinerziehenden Eltern eine Garçonniere in der Stadtmitte mieten konnten, ausgestattet mit semibourgeoisem Mobiliar, halb Holz, halb Aluminium, besonders exquisit/nicht exquisit erschien uns ein gläserner Klubtisch mit einem

Untersatz in Form eines riesigen versilberten Delfins. Über diesem Tisch drehten wir unsere Joints, auf ihm stellten wir unseren Kaffee und die warmen Pizza-Schachteln ab, die Teller, Bücher, Kondome und andere Gelegenheitsdinge. Nach einer bestimmten Zeit lebten wir in einem großen *Schweinestall,* wie sich meine Mutter einmal auszudrücken beliebte. Die kleine Wohnung verließen wir nicht mehr regelmäßig, die Abstände zwischen dem einen und dem anderen Besuch der Uni wurden immer größer, wir konnten uns wirklich nicht helfen, wenn wir mit unserer Marihuanasucht auch sexuelle Genüsse verbanden. Allmählich hörte ich sogar auf zu lesen und umwarb sie unaufhörlich mit dem Anschauen von TV-Serien, diesen neuen Führern durch die Grenzgebiete der Existenz. Sie haben recht, wenn Sie vermuten, dass wir wirklich zutiefst ineinander verliebt und einander völlig ergeben waren, recht haben Sie auch, wenn Sie meinen, dass man sich dessen nicht zu schämen braucht, auch nicht, wenn wegen so starker und alles durchdringender Gefühle der Lebens- oder Geistes- oder allgemeine Reifeprozess zum Stillstand kommt, es ist völlig normal, dass sich der Mensch, wenn er verliebt ist, für einige Zeit nur auf sein Glück konzentriert und nicht viel anderes *tut.* Damit fand ich mich völlig zurecht, und es störte mich auch nicht, dass ich das zweite Studienjahr nicht abschloss und meine Mutter mir zum ersten Mal im Leben mit finanziellen Sanktionen drohte, weil sie sich angeblich wie die Managerin einer schlechten Investition fühlte, also ausgenützt und hintergangen. Mit Manca war es unsagbar schön, wir wiegten uns in einer prädiktablen Vermeidungshaltung, ein Tag wie der andere, genau so, wie ich es mir immer gewünscht hatte, die Zeit aus den Angeln gehoben, der Raum unwichtig, Gras und Geld im Überfluss.

Ein Jahr verging, ohne dass sich etwas Wesentliches geändert hätte, außer dass Manca tatsächlich etwas zugenommen hatte, vermutlich hatte ihr alternder Organismus unter der Last von Panzetta, Steaks und Pizza etwas nachgegeben. Das erfüllte mich zum ersten Mal im Leben mit Angst vor Tod und Verfall, deshalb saß ich Stunden um Stunden vor dem Computer und las Berichte über grauenvolle Zivilisationskrankheiten, Zucker, weißes Mehl, Alkohol, Kaffee, genmanipulierte Lebensmittel, gesüßte Getränke, Strahlen, Schlaflosigkeit, Krebs-Krebs-Krebs, die erschütternden Informationen war ich gezwungen, mit einer großen Menge Gras zu therapieren, mit der ich für kurze Zeit die Irritationen zum Verklingen bringen und den Informationen gegenüber einen wissenschaftlichen Standpunkt einnehmen konnte. Manca berichtete ich beharrlich über meine Ergebnisse, allerdings erhob sie mir gegenüber immer wieder den Vorwurf, ich würde ihr nur über Umwege zu sagen versuchen, dass sie dick sei und, wenn sie unsere Beziehung aufrechterhalten wolle, abnehmen müsse. An dieser Stelle möchte ich diesen Argwohn nicht entkräften, vermutlich hatte sie recht, letztlich verstand sie meine psychologische, vom Marihuanamissbrauch abgeschliffene Textur durchaus. Im Gegensatz zur Mehrheit kannte sie die Dimensionen meiner manipulativen Handlungen, ohne dass sie mich dafür irgendwann einmal zur Rechenschaft gezogen hätte. Manca war mir in dieser Beziehung gespenstisch ähnlich, manchmal trösteten wir uns damit, dass das ein Problem von Familien mit nur einem Elternteil sei, eine Anpassungs- und Überlebensstrategie; da sie mir so ähnlich war, reagierte sie auf meine Insinuationen nicht mit offenem Widerstand, schüttelte keine alles erklärenden Argumente zu den hormonellen Schwankungen des weiblichen Körpers aus dem Ärmel, zu ihrer Unvorhersagbarkeit, dazu, dass Bauchspeck *eigentlich schön* sei und dass auch große Mädchen *eigentlich schön* seien. Nein, Manca reagierte auf meine Paranoia mit schamloser Rache. Nachdem sie eines Abends im März mit einem neuen Fünf-Gramm-Päckchen Vergissmeinnicht nach Hause gekommen war, verkündete sie – ich traute meinen Ohren nicht, ich fühlte mich, als hätte sie mich mit Säure übergossen, mich kastriert, mir den Penis an die Hoden genäht, mir die Haare ausgerissen, auf Chinesenart Wasser auf mich tröpfeln lassen, die Angelegenheit war überaus dramatisch –, dass sie sich einen Studentenjob suchen und nach der verlorenen Zeit an die Uni zurückkehren werde, weil sie überzeugt sei, dass sie mit einem Diplom aus Französisch und französischer Literatur eine bessere Zukunft erwarte als jene, die sich ihr zum jetzigen Zeitpunkt biete. Sie verkündete, dass sie sich schwer vorstellen könne, noch länger Tag für Tag *stoned* auf den versilberten Delfin zu starren, und versuchte mich davon zu überzeugen, dass es vielleicht besser sei, sich die ganze Staffel einer neuen Serie schrittweise zuzuführen, anstatt die Rollos hinunterzulassen und sie sich an einem Tag reinzuziehen, bis zum Umschalten in den vegetativen Modus. Ich erinnere mich lebhaft, wie sie die Arme in die Hüften gestemmt vor mir stand, in der Hand das geliebte und entbehrte Päckchen

Marihuana. Fast hätte ich aufgehört, ihr zuzuhören, als sie weiter von ihren im Entstehen begriffenen Hämorrhoiden faselte, von ihrer Schande und Schuld, ich wünschte mir, sie würde aufhören, mich in Angst und Schrecken zu versetzen, und mir das vergötterte Päckchen aushändigen, auf dass ich es aufreißen, eine Flocke Marihuana zerkrümeln, sie zusammen mit dem Tabak zu einer Zigarette rollen, dass ich sie um die Schulter fassen und wir uns gemeinsam auf der abgewetzten, nach Humus duftenden Bettcouch zurücklehnen könnten, die in Wirklichkeit die meiste Zeit zum Bett ausgezogen war, weil es sich tatsächlich *nicht auszahlte,* sie zur Sitzposition zusammenzuschieben; fast wäre mir das tatsächlich gelungen, doch dann überraschte sie mich mit einer klaren Ansage, mit ihrer Meinung nämlich, dass auch ich mir einen Studentenjob suchen und das Studium fortsetzen müsse, denn ich sei irgendwo unter dem äußerlichen Anschein eines Pennbruders noch immer eine ausnehmend begabte Person, ich könnte ein Spitzenpsychologe sein, allerdings müsste *auch ich* aufhören, Gras zu rauchen, wirklich und für immer und zur Gänze müsste ich dem abschwören, mehr noch, ich müsste hinterfragen, warum ich überhaupt angefangen hatte, es intensiv zu missbrauchen, als zukünftiger Spitzenpsychologe müsste ich nämlich auch mir selber in die Seele blicken und aus meinem Bewusstsein das Muster entfernen, das mich zum Süchtigen gemacht hatte.

Unser gemeinsames Leben geriet an diesem fernen Abend im März außer Kontrolle, und ich muss betonen, dass sich hier der zentrale Teil meines zentralen Problems zu entwickeln begann. Ich behämmerte mich annähernd einen

Monat lang und erklärte Manca, die sich inzwischen schon einen Job in einem Café im Stadtzentrum besorgt hatte und sich intensiv auf ihre Prüfung aus Französischer Phonetik II vorbereitete, bei jeder Gelegenheit, wie leid es mir tue, dass wir an dem Punkt angelangt seien, dass ich sie mit meiner Schwachheit enttäuscht hätte, dass es besser wäre, sie würde mich verlassen, weil ich ein Leben mit ihr nicht verdiente, weil ich überhaupt ein Leben in Gemeinschaft nicht verdiente, was mir schon in meiner frühen Kindheit gezeigt wurde, und dass ich aus diesem Teufelskreis nicht anders ausbrechen könnte als mit magischen oder heroischen Kräften, ich sei aber kein Held, sondern ein total Bescheuerter, der zu viel Gras raucht. Die Selbstbezichtigung begleitete ich zum Teil mit hysterischem Weinen und Schluchzen, was für Marihuanasüchtige nicht bezeichnend ist, denn für Tränen sind wir gewöhnlich viel zu dehydriert, vor dem Schlafen flüsterte ich ihr ins Ohr, dass ich mir einen Job suchen werde, damit wir, wenn sie noch ein wenig Geduld mit mir habe – sie müsse nämlich verstehen, dass ich im Moment völlig am Ende sei und einige Zeit benötigen würde, bis ich wieder zu Kräften käme –, die Wohnung mit dem Aluminiummobiliar hinter uns lassen könnten. Manca verfuhr mit mir und meinem brennenden Schmerz außerordentlich milde, sie wollte keinen Druck auf mich ausüben. In Wahrheit konnte sie es gar nicht, denn die meiste Zeit war sie nicht zu Hause, sodass sie gesehen hätte, wie ich mit dem Taschengeld, das mir im guten Glauben, ich würde mich zu einer verantwortungsvollen Person wandeln, meine Mutter zukommen ließ, Miniaturpäckchen Marihuana erstand und sie aus Rücksichtnahme ihr gegenüber nicht in der Wohnung öffnete, sondern, um mir einen Joint zu drehen, hinter den sozialistischen Hochhausblock ging, unter die lokalen *loser* mit nicht abgeschlossener Mittelschule und den Händen in den Taschen. Wenn sie gewusst hätte, dass ich mich nach ihrem Stundenplan nicht deshalb erkundigte, um sie beim Heimkommen mit einem Mittagessen zu verwöhnen, sondern vor allen Dingen deshalb, um eine meiner neuen Ordnungsliebe und Lebensreife entsprechende Szenografie vortäuschen zu können, wäre sie zweifellos wütend geworden. Jedenfalls sorgte ich jeden Tag dafür, dass sie etwas zu essen hatte – das Budget fürs Essen floss aus ihrem Verdienst, deshalb musste ich sorgsam darauf achten, es nicht für unangebrachte Lebensmittel auszugeben, regelmäßig erfreute ich sie mit Gemüse vom lokalen Albaner –, die Garçonniere lüftete ich bei jedem Wetter, jede beschäftigungslose oder inaktive Person weiß nämlich, dass der Körper einer beschäftigungslosen oder inaktiven Person einen herben, wenn nicht gar säuerlichen Geruch abzugeben beginnt, außerordentlich abstoßend für alle Beschäftigten und Aktiven, außerdem schuf ich vor ihrem Heimkommen noch den Anschein eines sogenannten Arbeitstisches: Ich sorgte dafür, dass auf ihm ein Heft und ein Buch lagen, darüber verteilte ich verschiedene Kugelschreiber, vermutlich der erste vernünftige Einkauf in den Jahren meines Studentenlebens, und Bleistifte, und neben das Heft legte ich einen Radiergummi, obwohl Manca, wenn sie aufmerksamer gewesen wäre, hätte feststellen können, dass ein Radiergummi dort nichts zu suchen hatte, weil alles mit einem roten Kugelschreiber notiert war. Sie hätte auch feststellen können, dass in den Heften nichts Sinnvolles stand, im Wesentlichen handelte es sich um Hefte aus dem ersten Studienjahr, in denen ich kaum einmal den vorgetragenen Stoff mitgeschrieben hatte, dafür fand sich in ihnen die Geschichte von Hans' kleinem Wiwimacher, irgendwo von Freud übernommen und psychedelisch aufgehübscht. Ziemlich obskure Dinge, zu denen ich schon damals nicht gern zurückkehrte. Zu dem Assortiment an Dingen auf dem Schreibtisch stellte ich gewöhnlich noch den *Laptop* und öffnete die Websites des Arbeitsamts, der Hochschülerschaft und eines gerade aktuellen Kunstwettbewerbs, um Mancas Glauben an meinen erwachenden künstlerischen Schwung und meine Motivation zu beflügeln.

Ich heuchelte und verstellte mich, als hätte ich vor, es Manca in Sachen Erwachsenwerden gleichzutun, was mir ziemlich lange gelang. Vielleicht wissen Sie das noch nicht, aber gewöhnlich sind enge emotionale Beziehungen ein Gemenge aus unterschiedlichsten Formen eines psychischen Projizierens, das wir stilisiert als *selbsterfüllende Prophezeiung* bezeichnen könnten: Ihr Partner hat ein unzulängliches Verhaltens-, Denk- oder Handlungsmuster, und Sie möchten dieses Muster ändern, aber Ihr eigenes unzulängliches Denk- und Verhaltensmuster ist es, das Sie die Gesetzmäßigkeiten der Beziehung falsch erleben lässt. Deshalb wollen Sie entweder von dem anderen nichts verlangen beziehungsweise in ihn eingreifen, oder Sie machen die Probleme des anderen zu Ihren eigenen, verschmelzen mit ihm und bemitleiden ihn, oder Sie sind mit ihm oder mit ihr – was der häufigste und finsterste Fall ist – nur deshalb zusammen, weil Sie bei dem

Gedanken ans Alleinsein das Grauen überkommt, weshalb Sie Ihren Partner, anstatt ihm die Wahrheit zu sagen, mit wechselnden, dreimal verdrehten Vorwürfen quälen. Lieber eine Dysfunktionalität als die Tyrannei des Alleinseins also. Manca ertrug mich trotz der Tatsache, dass sie mein kindisches Jetzt-siehst-du-mich-jetzt-siehst-du-mich-nicht-Versteckspielchen, das ich obligatorisch mit der erfundenen Schilderung eines gescheiterten Gesprächs über einen erfundenen Job würzte – diese Geschichten erfand ich immer, wenn ich frisch *stoned* war, denn dann verknüpften sich mir die Dinge auf die weitläufigste Art und Weise –, nach sechs Monaten durchschaut hatte, noch immer in ihrer zweiten Renaissance; der zweiten, wenn wir das Verhältnis mit mir als ihre erste Renaissance bezeichnen wollen. Ich war mir nicht sicher, ob sie auch wusste, dass ich mich noch immer häufig einrauchte, denn ich kam auf intelligente Lösungen zum Verringern der Probleme mit der Lederhaut, in meinen kreativen Momenten hatte ich herausgefunden, wie viel Spucke Bergamotte und andere Zitrusfrüchte erzeugen, wenn du sie unmittelbar genießt. Die umfangreichen Einkäufe von Orangen, Zitronen und Pampelmusen konnte ich gut in mein neues Ernährungsprogramm integrieren und mit dem übermäßigen Konsum auch Manca entzücken.

Ich möchte mich nicht lange auslassen über Mancas aufkeimende passive Aggressivität (verlassen konnte sie mich, wie ich bereits angedeutet habe, *allerdings* nicht) und meine uneinnehmbare Verteidigung, uneinnehmbar vor allem deshalb, weil Gras seinen Konsumenten ein Gutteil des Willens zu echter Kommunikation nimmt, und was ist wohl echter als ein heißblütiger Partnerkonflikt. Gern würde ich über unser Geschlechtsleben in der Zeit unmittelbar vor dem Durchbruch des Großen Traumas sprechen. Wahrscheinlich können Sie sich vorstellen, dass alles zusammen nicht viel wert war, nach drei Jahren des Zusammenlebens habe ich mich größtenteils manuell befriedigt, meine Ergüsse waren geleeartiger als normal, und im Internet fand ich keine Angaben dazu, ob das ein Indiz für Unfruchtbarkeit oder ausnehmend hohe Fruchtbarkeit ist. Wie auch immer, einmal im Monat verwandelte sich unser Couchbett in das gute alte *lovebed,* und Manca stellte immer wieder verwundert fest, dass ich mich trotz meiner allgemeinen Verantwortungslosigkeit verdammt verantwortungsvoll gegenüber ihren erogenen Zonen verhielt, dass ich, ergo, ein verdammt guter *lover* bin. Das müssten wir öfter machen, sagte sie zu mir, während ich nur weise schwieg, denn die Sache hing letztendlich nicht von mir ab, der ich die ganze Zeit zur Verfügung stand. Eigentlich war ich zufrieden und froh, dass mich das Gras für diese Art Kommunikation gewillt ließ, vielen Süchtigen passiert es, dass sie annähernd so erotisiert sind wie trockenes Brot, was mich wortwörtlich umgebracht hätte. Klar ist, dass Gras zur Steigerung physischer Genüsse wie Essen, Schlafen und Sex gedacht ist, wenn dir nichts von alledem große Anstrengung abverlangt; und schon gar, wenn es Pizza gibt und eine Bettcouch und ein Mädchen, das immer *zu dir* nach Hause kommt.

Eines weiteren Nachmittags im März allerdings verkomplizierte sich die Situation kolossal. Manca kam von der Arbeit oder von der Uni – ich muss erwähnen, dass sie damals schon auf dem Weg zur Magistra war und mir gern vorhielt, dass ihr Freundinnen andauernd in den Ohren lägen, warum zum Teufel sie mit einem verfetteten Faulpelz zusammenlebt – und bog nicht in die Küche ein, wo sie sich gewöhnlich eines der sieben Gerichte aufwärmte, die ich zuzubereiten verstand, sondern unmittelbar ins Bad. Unter normalen Umständen würden sich zwei Partner bei der ersten Begegnung an dem betreffenden Tag freudig begrüßen, sich küssen, sich umarmen und, wenn die Umarmung nachlässt, zu erschnüffeln versuchen, wie sich der Partner fühlt, sie würden versuchen, seinen Gesichtsausdruck zu deuten und das Energieniveau des Partners einzuschätzen, sich für einen Augenblick in seine Situation einfühlen, alles das völlig nonverbal, also intuitiv, worauf sie auch sprachlich zu kommunizieren begännen, um sich die wichtigsten Ereignisse des Tages mitzuteilen. Bei Manca und mir war das damals nicht Usus, und ich bezweifle auch, dass irgendein Paar auf der Welt auf die beschriebene empathische Weise miteinander umgeht, es stimmt ja doch, dass die stärksten kosmischen Kräfte Gewöhnung und Bindung sind, die ein „hallo, Schatz" durch ein „hi, du hast das Geschirr von gestern Abend wieder nicht weggeräumt" ersetzen und ein „wahnsinnig gern würde ich dich genau hier flachlegen, auf dieser feuchten Matte!" langsam auf die Ebene „wie wäre es, wenn du das Licht ausmachst, es blendet mich, und ich begreife überhaupt nicht, was hier abläuft" schieben. Zu viele Menschen erwarten zu viel und schieben deshalb beim Eingehen einer Partnerschaft die Zweifel weg, dass die ganze Angelegenheit nicht so glänzend und die ganze Zeit so fest bleiben wird, und bilden sich ein, dass ihre Liebesgefühle einfach zu erhaben sind, als dass sich die Zeit erfrechen könnte, sie auf unterschiedliche vulgäre Weise anzunagen, zum Beispiel mit dem Fantasieren über Genitalien oder die rückwärtige Partie anderer Personen oder mit dem ständigen Gefühl des Überdrusses. Alle diese Menschen vergessen in der Glut der Liebe, dass die Liebe tatsächlich eine exzeptionelle, allerdings rein temporäre Veranstaltung ist, für die wir einen ziemlich hohen Preis bezahlt und dafür ein Paket bitterer Erinnerungen und einen Katalog hübscher Darstellungen mit Erklärungen erhalten haben.

Kurz und gut, vermutlich haben Sie bemerkt, dass ich angefangen habe, die Sache in die Länge zu ziehen und drum herumzureden. Ich würde Sie gern mit einer Weisheit über die Natur der Beziehungen verblüffen und einwickeln, zu der ich mich noch vor meinem dreißigsten Geburtstag vorgearbeitet habe, damit Sie mir meine Entscheidung später leichter vergeben beziehungsweise sie leichter verstehen. Ich habe nämlich erkannt, dass es gut ist, jeder Dummheit eine konzeptionelle oder existenzielle oder humorvolle oder sogar künstlerische Note zu geben, denn das korrigiert die Dummheit kosmetisch. Mitunter ist diese Korrektur so gründlich, dass es unmöglich ist, die ursprüngliche Dummheit oder Bosheit zu erkennen, und der Urheber der Korrektur auf Kosten der eigenen intellektuellen Durchdringung, die in Wahrheit Berechnung und (wiederum) Bosheit ist, ganze Salven an Bewunderung erntet. Ich ziehe die Sache deshalb in die Länge, weil ich kundtun muss, dass ich die Person, die ich nur vorgeblich geliebt haben oder um die ich mir zu wenig Sorgen gemacht haben soll, im entscheidenden Augenblick ihres (unseres gemeinsamen) Lebens im Stich gelassen habe. Ich muss also kundtun, dass mich das pubertäre Türenschlagen, die gegen den Vater gerichtete Wut, Bitterkeit, Trauer und Enttäuschung nicht daran gehindert haben, schon sehr früh das uralte Ritual der Hinterfotzigkeit zu wiederholen. Kundtun muss ich, dass einem die Erfahrung und die persönliche Betroffenheit einen Dreck helfen.

Lassen Sie mich also zu der Szene zurückkehren, in der Manca durch die Badezimmertür rauscht und sie laut hinter sich zuknallt. Ihre lärmende Ankunft warf mich völlig aus dem Gleis, nach Stunden der inneren Ruhe konnte ich dem Krach gegenüber nicht gleichgültig bleiben, deshalb raffte ich mich auf und stellte mich vor die Badezimmertür, um Manca darauf hinzuweisen, wie mich ihr Lärmen störte. Ich hörte, dass sie urinierte, deshalb glaubte ich, sie hätte aus reinem Übermut solchen Krach gemacht, nicht aus Notwendigkeit – worin der wahre psychologische Unterschied besteht, ist in solchen Fällen unmöglich zu beurteilen, denn auch Übermut ist letztlich Ausdruck von etwas mehrfach Verschobenem und verdient deshalb mit größter Wahrscheinlichkeit eine behutsame Reaktion. Wie auch immer, ich stand vor der Tür und hielt ihr verschiedene Dinge vor – ich führte auch den Vorbehalt bezüglich Ortsveränderungen an, auf den sie allerdings überhaupt nicht reagierte. Nachdem sie aufgehört hatte zu urinieren, und sie urinierte ausnehmend lange, herrschte im Badezimmer Grabesstille, eine Stille, in der die Spannung und Erwartung zu spüren war, so wie es bei Beerdigungen häufig den Anschein hat, dass die

Beerdigung gleich vorbei ist und der Tote wie in einer psychedelischen Szene aus der Kiste springt, herumtanzt und erklärt, er habe nur einen Scherz machen wollen und die Todernsthaftigkeit sei völlig unangebracht. Es dauerte ein paar Minuten, bevor ich einen schrillen unterdrückten Schrei hörte, dem ein Wasserschwall aus der Klospülung folgte, ein klassisches Zivilisationsgeräusch, das triumphalste von allen. Unmittelbar bevor alles Wasser abgelaufen war, sprach Manca mit dumpfer Stimme, mit der Stimme einer, die in zehn Badezimmerminuten zehn unterschiedliche, durchgehend von Hoffnung getragene emotionale Zustände durchlaufen hat, drei Wörter aus, drei Wörter, die sich wegen ihrer zerstörerischen Kraft verselbstständigen müssen zu direkter Rede: „Ich bin schwanger."

Dass sich das Leben von einem Moment auf den anderen ändern kann, wird einem erst bewusst, wenn es sich wirklich von einem Moment auf den anderen ändert – jemand schläft mit einem Unbekannten und fängt sich Chlamydien ein, jemand betrügt seinen Ehepartner und nimmt eine Ehekatastrophe in Kauf, jemand investiert eine Milliarde in einen Internet-Betrug – bis dahin stand sein Lebensplan in Übereinstimmung mit der Tatsache, dass er noch Beine hat, mit denen er gehen kann, und dass er noch eine Partnerin hat, mit der er relativ unverbindliche Geschlechtsbeziehungen haben kann. Doch obwohl sich etwas *Evidentes* ereignet hatte, war das erste Gefühl tief in meinem Magen nur, dass sich *mein* Leben schicksalhaft ändern *könnte,* wenn ich nicht angemessene Vorkehrungen treffe, dass also *ich* die Mittel zur Verfügung habe, mit denen ich das Räderwerk der

Schwangerschaft zurückdrehen werde, denn eine Schwangerschaft würde das Ende Ende Ende *meines* Lebens bedeuten, meines sorgfältig konzipierten und ausgeklügelten Lebens des Komforts und der zahlreichen Annehmlichkeiten, die ich mir fast allein beschaffen kann, mit bescheidener Hilfe eines Drogendealers, eines Lebens, in dem ich mich keiner höheren Gewalt beuge, keinem Kapital, keiner Religion, keiner Ideologie, keinen Medien. Es wäre vorbei mit *meinem* perfekten, ganz auf den Konsumenten zugeschnittenen Leben, in dem die allgemein menschlichen Kategorien umfallen wie die Fliegen. Wer braucht schon so viele überflüssige Sorgen, wer braucht Rechnungen, Ausgaben, ein Dach über dem Kopf, eine Karriere, und schließlich eine Pension, ein Heim, einen Garten und Gesundheit, wenn man sich nur im Hier und Jetzt einrichten, etwas Gras zerkrümeln, ein dickes weißes Papier anlecken und zusammenkleben muss, um sich zu *entspannen* angesichts der dauernden Anstrengung, lebendig und nach allem Erdulden ein wenig tot zu sein, gerade so viel tot zu sein, dass alle Anforderungen der Zeit vorbeirauschen und dich nicht bemerken, alle diese Rechnungen und Ausgaben und das Dach überm Kopf und die Karriere und der Garten und die Gesundheitsvorsorge für die schwangere *Frau*. Es war *mein Leben*, das sich selbst ähnlich bleiben musste, und in dieser Ähnlichkeit war kein Platz für kleine Schreihälse, die ihre Erwartungen hinsichtlich besseren Lebens und Aufwachsens *mir* auferlegen, sollen sie doch jemand anders bitten, ich habe nichts damit zu tun und möchte nichts damit zu tun haben. Meine Vorstellung von der Zukunft war ausschließlich eine Projektion der Gegenwart, eine brillante Konstellation, fast so großartig wie der Große Wagen; und ich frage Sie, hat jemand jemals vom Großen Wagen verlangt, nicht der Große Wagen zu sein, etwa, er solle Drache sein, denn Drache ist ein mächtigeres Sternbild, ein äußerst komplexes und nonkonformistisches Sternbild, so verdammt nonkonformistisch, dass manche es nicht einmal zu erkennen vermögen, während der Große Wagen ein einfaches und leicht erkennbares Sternbild ist? Nein, nie, vom Großen Wagen hat noch nie jemand Veränderungen erwartet, denn alle wissen, dass der Große Wagen total in sich selbst ruht, er bewegt sich nicht von der Stelle, weil er sich inhaltlich und formal längst maximiert hat. Alle wissen wir das und alle erkennen wir ihn an und alle respektieren wir den Großen Wagen inhaltlich und formal, niemanden stört es, dass er sich aus kleinen Positionen zusammensetzt. So ist es eben.

Weil mir derartige Würmer in den Eingeweiden wühlten, schlug ich Manca gleich durch die geschlossene Tür vor, dass sie ja abtreiben könne, dass der Eingriff angeblich nicht so schrecklich und gefährlich sei, wie in den Internetforen berichtet wird, es nehme nicht einmal eine Stunde in Anspruch, danach schläfst du ein wenig und ruhst dich ein paar Tage blutend aus, und einen guten Monat darfst du keinen Sport treiben, Springen ist wahrscheinlich nicht gut für verletzte Genitalien, wonach du in alter Weise fortfahren kannst. Die Informationen zur Abtreibung hatte ich so schnell und so unerwartet ausgebrütet, dass Manca überhaupt nicht zum Reagieren kam, mehr noch, es schien, als würde sie überhaupt nicht reagieren, als wollte sie nie mehr herauskommen, als würde sie an der Kloschüssel oder am Waschbecken oder am Fensterbrett festgesaugt bleiben – ich wusste ja nicht, wo und in was für einer Position sie sich befand –, als würde sie mich im Ungewissen der sich ewig hinziehenden Stille lassen, als würde die Sache nie abgeschlossen sein, weder mit dem Abbruch der Schwangerschaft noch mit der Geburt, mit nichts wirklich. Um mich zu entlasten, redete ich weiter auf sie ein, wie leid es mir tue, dass sie da durchmüsse, ich wollte ihr zeigen, wie sehr ich mir des Ausmaßes der Scherereien bewusst sei, die eine Abtreibung mit sich bringt, alle die widerlichen, gefühllosen Ärzte und missbilligenden Krankenschwestern christlicher Provenienz, und der Geruch von Chloroform und abgestandenem Urin, und die hässlich geweißten Wände der gynäkologischen Abteilungen, und die älteren Frauen, die ihre Fruchtbarkeit infolge unqualifizierter Verhütungsmethoden oder Gebärmutterhalskrebs verloren haben, und das unbequeme, für schlanke, schamhafte weibliche Personen mit kleinen Brüsten völlig unangemessene Krankenhaushemd. Ich bemühte mich, die Scherereien so plastisch und ausführlich wie möglich zu beschreiben, und setzte am Ende hinzu, dass *trotz allem* eine Abtreibung die einzig mögliche Wahl sei, dass die zweite Möglichkeit, also die Geburt des Kindes, uns alle über kurz oder lang ins Unglück stürzen würde, denn ein Kind könnten wir in unserem Leben gar nicht unterbringen, und wenn wir es nirgends unterbringen können, können wir es auch nicht liebhaben. Sagen wir, dass der Mangel an Liebe noch kein so außerordentliches Problem darstellen würde, erklärte ich ihr, ein außerordentliches Problem für das Kind würde aber der materielle Mangel darstellen, wir könnten das Kind nicht versorgen, und so würde das Kind unterernährt und krank heranwachsen, Krankheit aber wird mit der Zeit außerordentlich teuer, und weil wir sie nicht beseitigen könnten, würden wir letztendlich eine emotional und physisch beeinträchtigte Person heranziehen, wobei ich betonte, dass die Wahrscheinlichkeit, dass ein emotional und physisch beeinträchtigtes Kind zu einem vollwertigen selbstständigen Individuum heranwächst, außerordentlich gering ist, denn das Erwachsenwerden verlangt ein bestimmtes Ausmaß an emotionaler und physischer Energie, die man unmöglich irgendwo abkupfern kann, mit ihr ist der Mensch entweder ausgestattet oder ist es nicht und muss sie sich dann erst gewinnen, ein emotional und physisch beeinträchtigtes Wesen bricht aber nur außerordentlich schwer irgendwohin auf, vor allem von zu Hause, und das würde unterm Strich bedeuten, dass wir dieses emotional und physisch beeinträchtigte Kind bis zum Ende unseres Lebens am Hals haben werden und es uns leerschlürft, wie Bisons einen Bach leerschlürfen.

Bald schon hatte ich die Kontrolle über die zu begründende Prognose verloren, *hic et nunc* durchlief ich ein extremes Stadium der paranoischen Betäubung, weshalb mir schlicht die Unterlippe zitterte – sie zitterte derart, dass ich, wenn ich redete, die halben Endungen verschluckte und sich meine Zunge am Gaumensegel und an den Zähnen verhedderte, als wäre ich mit Idiotismus geschlagen. Als ich die Bilderflut endlich eingedämmt hatte und für ein paar Minuten schwieg, entfuhr Manca durch die enge Kehle in den Magen hinunter ein dicker Kloß, den ich donnern hörte, als er gegen ihre Magenwand prallte, worauf sie die babylonischen

Tore weit öffnete. Die abgestandene Luft des Wohnzimmers, in die ich meinen Egozentrismus ausgedünstet hatte, mischte sich mit dem Patschuli aus dem Badezimmer, einem süßlichen, aber scharfen Aroma, das den Fäkalgeruch überdeckt, und hinter Mancas Rücken flog, ja, stach ihr ausgestreckter rankenartiger Arm mit der spitz zulaufenden Hand hervor und knallte mir so präzise ins Gesicht, dass ich für einen Augenblick dachte, sie hätte mir den Schädel gespalten, wie in einem billigen italienischen *slasher*. Außer Atem und mit hochrotem Kopf stand sie vor mir, ihre Augäpfel waren vom Weinen sichtlich angegriffen, und beide Iris waren in dieser kurzen Zeit, die sie hinter der geschlossenen Tür verbracht hatte, verblasst bis zum Grau, die Mascara verband Augenlider und Lippen in getrockneten Rinnsalen, auf mich wirkte sie wie jemand, der mir *hic et nunc* ernstlichen körperlichen Schaden zufügen konnte, und nicht wie die verständnisvolle Partnerin, für die ich sie gehalten hatte; und dass ich sie für eine solche gehalten habe, bedeutet nicht, dass sie mich in meinem Zustand wirklich verstanden und unterstützt hätte, sondern nur, wie ich schon erklärt habe, dass ich sie schamlos manipuliert hatte. Sie müssen wissen, dass der Druck des verheißenen *Kindes* so groß war, so bedrohlich, dass ich zu einer fast ehrlichen, aufrichtigen, unmittelbaren, kaum berechneten Reaktion gezwungen war – ich hatte nur ein wenig peripher manipuliert, und zwar, als ich in meiner Prognose von *unser beider* Leben sprach, die von einem Kind beeinträchtigt werden würden. Zum ersten Mal nach langen Jahren hatte ich mich offen jener Art Schwerhörigkeit bedient, die mich schon seit meiner Kindheit auszeichnet, jener Art von Egoismus, der durch Ausweichen läuft wie geschmiert, und es war zu erwarten gewesen, dass meiner ganz und gar authentischen Reaktion keine erfreute Kenntnisnahme zuteilwerden würde. Inzwischen haben Sie vermutlich schon durchschaut, dass ich nicht der Mensch bin, der durch zeitlichen Abstand zu besseren Einsichten kommt, im Gegenteil, frische Wunden schmerzen am stärksten: Wenn mich Manca damals nur geschlagen hätte, hätte ich das akzeptiert und verstanden. Leider aber muss ich Ihnen offenbaren, dass dieser Teufel in der Tat Junge kriegte, und er kriegte viele und kriegte sie auf einmal und kriegte sie alle auf meine Kosten. Manca sagte nämlich, als sich ihr Brustbein samtweich gesenkt hatte: „Bis Ende der Woche ziehst du aus. Mich interessiert nicht, wohin du gehst, geh einfach. Ich brauche nicht noch ein Kind."

Es ist wohl klar, dass ein solcher Befehl den reaktivsten Kern meines reaktivsten Problems ans Licht beförderte. Manca stieß mich aus ihrem Leben zurück in mein Leben, wenn Sie wissen, was ich meine. Einen solchen Befehl und ein solches Vorgehen hatte ich nicht erwartet, denn ich hatte mich unter anderem auch deshalb an Manca geklammert, weil sie nie große Neigung zu familiären Dingen oder zu gemeinschaftlicher Organisation gezeigt hatte. Es stimmt aber auch, dass ich in meiner panischen Aggressivität nicht berücksichtigt hatte, dass Manca in den Jahren unseres gemeinsamen Lebens zu finanzieller und existenzieller Unabhängigkeit gelangt war, dass sie also über ihre pubertäre *Head-up-my-ass*-Einstellung hinausgereift war, während ich meinem neunzehnjährigen Ich ziemlich ähnlich geblieben war, wobei ich mit dem Kopf nicht nur tief im eigenen Arsch steckte, sondern alle eventuellen Sprünge und Risse auch mit verschiedenen Annehmlichkeiten abgedichtet hatte. Ich will hinzufügen, dass mich mein Existenzmodell nicht störte und mich auch jetzt nicht stört, dass mich die Sache trotz allem schmerzte, zwar nicht auf die klassisch-zynische Weise wie gewöhnlich, sondern irgendwie stumpf, unbetroffen, was keine besondere Ernsthaftigkeit verlangte und schon eine rasche Lösung beinhaltete, also mehr wie ein tiefer Schnitt in den Plexus mit abschließender rascher, präziser Drehung des Messers. Ich sah sie an und schluckte den Speichel hinunter, den es nicht gab, der Reflex hatte sich in seiner ursprünglichen Form gemeldet. Den Nacken hinauf zog eine Prozession dunkler Gefühle, die ich, fundamental *stoned,* nicht differenzieren konnte, ich nehme aber an, dass es sich um Trauer, Zorn, Ekel und eine mehrfach gebrochene Angst handelte, dass sich die Sache nicht mit Einschmeicheln und Reden vom Tisch wischen lassen würde, und weil mir zusammen mit den Gefühlen auch Übelkeit in die Kehle stieg, schob ich Manca zur Seite und krümmte mich über der Kloschüssel zusammen, in die hinein ich alles auskotzte, was ich seit Weihnachten zu mir genommen hatte.

Was dann folgte, war die Wiederholung des Grundmusters meiner Kindheit: Jemand, der mir lieb ist, verlässt mich, ich bleibe alleingelassen und depressiv zurück. Das Ereignis empfand ich als Unrecht, als etwas, das mir zugefügt wurde, wie mir Vaters Weggang zugefügt worden war, ohne dass ich über die Stäbe meines Laufgitters hinweggesehen hätte, noch hätte hinwegsehen wollen, hinter dem ich die Ausreden und ärztlichen Bescheinigungen meiner Jugend weidete; hätte ich über die Stäbe gesehen, hätte ich wahrscheinlich gesehen … was weiß ich, wahrscheinlich auch, bedingt gesagt, mich selbst als *Erwachsenen*.

Weil ich mich nunmehr vor allem in das Verstehen des eigenen Schmerzes versenkte, den ich mit besonders starken Joints päppelte, dauerte es mehr als eine Woche, bis ich meine eindeutig nach Schimmel stinkende Trainingshose und meine Schuhe und eine ganze Phalanx nicht verwendbarer Gegenstände in Schachteln und Taschen verstaut hatte, worauf eine weitere Woche folgte, im Verlauf derer ich mit letztem Einsatz, wie man so sagt, Manca zu überreden versuchte, mich in ihrem Leben zu behalten. Dafür hatte ich natürlich keine ausgearbeitete Strategie, ich hatte ja nicht gewusst, dass ich sie überhaupt brauchen würde, unser Verhältnis schien mir trotz der Unausgewogenheit und unterschiedlichen Intention felsenfest zu stehen, obwohl ich, wenn ich es genau bedenke und mich kompromisslos erinnere, eine Reihe von Ereignissen anführen kann, aufgrund derer ich den Schluss hätte ziehen können, dass Manca unser wüstes, nach Humus stinkendes Nest tatsächlich zu verlassen wünschte. Außer dass sie sich die meiste Zeit benahm, als würde sie sich vor meiner Berührung und meinem Atem mit der gleichen Intensität ekeln, wie sich die meisten Mädchen vor Geschmeiß im Unterholz ekeln, sind noch ein paar andere Dinge erwähnenswert. Erstens, dass sie die Wochenenden am liebsten in irgendwelchen Klubs in Alkoholbetäubung auflöste, gekleidet in Kleider, in denen sie *mich persönlich* nie verführt hatte – enge schwarze Kleider, T-Shirts, die ihre Brüste kaum bedeckten, atemraubende eng anliegende Hosen und das ganze übrige vulgäre Sexappeal-Assortiment von freitagnachts. Zweitens, in unserem *Heim,* wo ich die meisten meiner Tage hockte, kriegte ich fast nicht mehr mit, ob sie arbeitete, ob sie in der Bibliothek studierte, ob sie an Pilates-Stunden teilnahm, mit denen sie ihrem Bauch, wie sie mir einmal eingestand, endlich das volle Recht auf erotische Selbstdarstellung erkämpft hatte. Und zum Schluss beschränkten sich unsere Gespräche auf die operative Ebene, wobei ich darauf hinweisen muss, dass es sich dabei, weil ich selbst, wenn wir vom täglichen Kochen absehen, völlig inoperativ eingestellt war, ausschließlich um Mancas Forderungen handelte, ich solle das Geschirr abwaschen, die Rollos aufziehen, Staub wischen, den Kühlschrank saubermachen, mir die Haare waschen und sie in Ruhe lassen. Alles das, ich wiederhole, konnte ich damals nicht einsehen, weil ich mich, ich wiederhole, dabei wohlfühlte.

Aus meiner Komfortzone heraus – und das ist hier wortwörtlich gemeint, denn ich habe sie immer mit untergeschlagenen Beinen auf der Couch sitzend angefleht – habe ich ihr die Dimensionen meiner Betroffenheit und meines Wunsches geschildert, neu anzufangen, wobei ich aber immer darauf geachtet habe, nicht das *Thema: Kind* aufzuwerfen, denn das *Thema: Kind,* der Katalysator unserer Entzweiung, hätte außerordentlich schwer als Gegen-Vektor gewirkt, der eine erneute Annäherung und Vereinigung ermöglicht hätte. Ich griff auch zu der altbewährten Taktik der Selbstbezichtigung, über die ich schon berichtet habe, entblößte mich vor ihr in meiner Schwachheit und Kleinheit und niedrigen, armseligen Untätigkeit und gestand ein, wie gut ich mir meiner Trägheit, meiner Faulheit und der Folgen meiner Passivität bewusst sei, ich log ihr, aus meiner Komfortzone heraus, aus dem Bewusstsein, dass das Wort die inhaltsleere Materie inhaltsleerer Menschen ist, schließlich vor, dass ich ein anderer Mensch werden wolle und dass ich ein solcher nur an ihrer Seite werden könne. Ich weiß nicht, welchen Sinn es hätte, die altbewährte Taktik der Selbstbezichtigung bis ins Detail darzulegen, vermutlich wissen Sie, worauf ich hinauswill, denn es gibt keinen Menschen auf dem Planeten, der nicht irgendwann Veränderungen geplant und zugleich zu Gott gebetet hätte, dass sich absolut nichts ändern möge, denn es gibt keinen Menschen auf dem Planeten, der nicht wüsste, dass der Übergang zwischen alter Komfortzone und neuer Komfortzone über den Höllenspalt des Verderbens führt, aus dem Schwefel und Unheil wabern. Das einzig wirklich Erwähnenswerte an der ganzen Angelegenheit ist, dass Manca mich nicht erhörte, schlimmer noch, mich überhaupt nicht anhörte. Am fünfzehnten Tag nach der Apokalypse verkündete sie mir, dem Opfer des Schicksals, dass meine Zeit abgelaufen sei. Weil ich selbst viel zu verletzt und depressiv war, um mir auch nur irgendetwas zu richten, nahm sie, wahrscheinlich weil sie den Prozess beschleunigen wollte und nur mit Mühe mit ansehen konnte, wie ich mich wie ein vergessener Krapfen in die Beuge der Sitzgarnitur drückte, die Organisation ein letztes Mal selbst in die Hand. An dem Tag setzte sie sich, während ich mit dem Kopfkissen aus scharlachrotem Polyester eine innige Gefühlsbindung einging, wie aus Rache neben mich, rief meine Mutter an und bat sie, mir beim Umzug nach Haus zu helfen, also zurück zu ihr, zurück zu meiner alleinerziehenden Mutter, in das leere Nest beziehungsweise in ein Nest, von dem meine Mutter angenommen hatte, dass es leer sei. Zurück in das Kämmerlein mit dem zu kleinen Bett und den schwachen Dachlatten, mit dem Schimmelpilz, der aus allen Ecken kriecht, um mit der Zeit die ganze Wohnung zu beherrschen, zurück in die Wohnung, wo es jeden Abend nach einem anderen Abendessen riecht und wo der Dampf vom Kochen die Fensterscheiben beschlägt, wo die Wände gemeinsam mit Waschmaschine und Wäschetrockner ununterbrochen vibrieren, weil in einem fort etwas gewaschen und abgewaschen werden muss, zurück in die Wohnung, wo man die Badezimmertür abschließen muss, weil sie sich von der Feuchtigkeit verzogen hat und nicht mehr in den Rahmen passt, zurück in die Wohnung, die von der Welt mit ihren untragbaren Projekten nicht betreten werden durfte, zumindest nicht ohne detailliertes Inspizieren und Sanieren durch meine Mutter. Meine Mutter, die zu allem eine Meinung hatte, zu der ich später noch etwas sagen werde, willigte ein, mich wieder aufzunehmen, die ganze Verabredung entwickelte sich allerdings vollständig an meinem Engagement vorbei, dem Eingebundensein kam ich noch am nächsten, als ich Manca auftrug, sie solle meiner Mutter am Ende des Telefongesprächs schöne Grüße von mir ausrichten.

Am nächsten Tag verfrachteten sie mich schon um sechs Uhr morgens zusammen mit den Pappkartons ins Auto. Manca schlug die Autotür hinter mir zu, voll Übermut, wie befreit, und *hüpfte,* ich schwöre, ab in den Tag, und Mutter *lud* mich völlig nonchalant, als wäre sie überhaupt nicht mehr meine Mutter, mit einem halb begeisterten, halb nervösen „ciao, ich hab es eilig zur Arbeit, wir sehen uns am Nachmittag" im Hof vor dem Wohnblock *ab*, sodass ich die schweren Schachteln selber in die Wohnung tragen musste, und das, wissen Sie, war keine leichte Aufgabe, denn ich musste genau zwölf Mal in den vierten Stock hinauf. Völlig fertig warf ich mich gegen elf auf die Couch, und weil ich noch immer derselbe Mensch war wie am Tag zuvor, wollte ich in meiner neuen Situation nicht allzu lange Trübsal blasen; obwohl in meiner Situation die Kacke bereits extrem am Dampfen war und ich genau wusste, warum sie extrem am Dampfen war, wollte ich die große Niederlage nicht existenziell bewerten, denn, schauen Sie, die Sache hätte einfach zu viel Energie verlangt, Energie, die ich nach dem anstrengenden Tragen nicht hatte, die ich aber auch, wenn ich sie gehabt hätte, nicht in die Untersuchung des seelischen Gluckerns investiert, sondern mir dafür so oder anders einen dicken, feuchten, gut gestopften und kompakten Joint angesteckt hätte. Mir schien, dass ich für immer zwischen die Kissen gestopft war, ein Gefühl der Milde und Sanftheit stieg meine Wirbelsäule hinauf, wanderte bis zur Kopfspitze, hinter die Augen und zwischen die Ohren, und senkte sich in den Unterboden des Herzens, wo es ziemlich rasch seine schattige Variante einbezog, die Lust. Unversehens, geradezu heißblütig, reckte sich mein Penis, und da war nichts, was mir verboten hätte, mich ein bisschen zu verwöhnen und mich in der neuen alten Behausung entsprechend zu entspannen. Während des Masturbierens erschöpfte sich meine

Vitalenergie, die letzte Szene, die mir in Erinnerung geblieben ist, war eine Fantasie: Ich sah, wie sich eine langhaarige, vollbusige Frau auf mich niederlässt, mich mit ihren Brüsten bedeckt, ich spürte die Wärme und Weichheit des lebenden Gewebes, ich fühlte die Geborgenheit der pneumatischen Umgebung, einen vollkommenen körperlichen und existenziellen Schutz, der schließlich in Ruhe und Schlaf mündete. In Hand und Penis ließ die Spannung nach, und meine seelische Verfassung sank direkt durch die Wirbelsäule und die Schaumfüllung der Sitzgarnitur hinab in den archetypischen, zeitlosen Mittelpunkt der Erde, wo mir, sieh einer den Schlingel, noch mehr langhaarige, vollbusige Frauen zu Willen waren, die mir sowohl ihre Brüste wie ihre Geschlechtsorgane anboten und wo auch ich weniger dick und vernachlässigt, kurzum, in aller Würde begehrenswert war.

In das Leben eines Menschen lässt sich eine ganze Kette peinlicher Vorkommnisse hineinstopfen, wobei eine solche Kette mit Sicherheit ihr Limit und eine Art – wie man es nennen könnte – existenziellen Geschmack hat. Mädchen in öffentlichen Badeanstalten etwa passiert es, dass das Oberteil ihres Bikinis aufgeht und sie auf die Weise zeigen, was sie in ihrer Schamhaftigkeit lieber nie gezeigt hätten; den Menschen können während sportlicher Tätigkeiten unerträgliche Winde quälen, die man keinesfalls zurückhalten darf; stark alkoholisierte Personen fallen in ein Gebüsch und schlafen dort ein, bis sie von kleinen Kindern entdeckt werden, die sie von Weitem mit langen knorrigen Ästen piksen, denn in ihrer beschränkten kindlichen Fantasie unterscheiden sie nicht zwischen einem schlafenden Trinker und einem schlafenden

Drachen; ein gebildeter Mensch kann bei einer Vorlesung, die er für ein Fachpublikum vorbereitet hat, einen totalen Verreiber erleben, er muss sich übergeben und bricht in Tränen aus, und wenn er schon spricht, spricht er in Schüben, mit Zäsuren, die so gesetzt sind, dass alles zusammen keinen Sinn ergibt. Solcherart Situationen gibt es noch und noch, allerdings fürchte ich, dass nichts schlimmer ist als das, was ich in meiner suchtbedingten Lethargie meiner Mutter angetan habe. Als sie mitten am Nachmittag nach Hause kam, fand sie mich in einer Lage, die ich wegen ihrer Dramatik einfach von A bis Z beschreiben muss: Ich lag auf der Couch, der Penis, von dem sich zum Bauchnabel hin ein getrockneter grauweißer Streifen zog, hing aus der hinuntergezogenen, zu großen, schweißnassen Unterhose, von der sich der Standardgeruch von Erde verbreitete, die bereits Kompostreife entwickelt hat, auf dem Penis die Hand, halb Ruhe gebend, halb beharrend, das linke Bein von der Couch baumelnd und, weil ich die überaus plastischen Bilder der weiblichen Genitalien träumte, seltsam zuckend, in meinen Mundwinkeln glitzernde Spucke, die sich zu einem Fleck auf dem Kopfkissen gesammelt hatte. Auf dem Tisch ein verbrauchtes Paket besten Vergissmeinnichts, große Flocken waren auf den Boden gefallen und hatten sich in den wenigen Stunden in Staub gehüllt, im Aschenbecher abgelegt ein breiter, ziemlich heruntergebrannter tiefbrauner Filter, von dem es genauso kompostiert duftete – meine Mutter traf der Geruch des verbrannten Marihuanas, der wie ein Säbel die Geruchsschwaden aus Lavendel und Haushaltschemikalien, Waschmitteln und Weichspülern penetrierte, besonders krass.

Infolge fehlender Geistesgegenwart kann ich nicht garantieren, dass sie zwischen der Wohnzimmertür und dem Flur nicht so lange stand, dass sie nicht bemerkt hätte, wie mir eine Traube verklumpter Spermaspritzer auch am Kinn trocknete, jedenfalls wird mir ihre erste von mir bewusst wahrgenommene Reaktion noch lange im Gedächtnis bleiben. Mama holte aus dem furchterregend vorgestreckten Brustkorb den ersten derartigen mütterlich-vormundschaftlichen Aufschrei hervor: „Aleksander, o mein Gott, was tust du da?!"

Vermutlich muss nicht eigens erwähnt werden, dass noch eine Reihe derartiger Ausrufe folgte, die sich zu einem Schreien fügten, das mich schließlich zwang, mit einer raschen, geübten Bewegung meinen Penis zu verstauen, mich auf der Couch aufzusetzen, als Sohn einer leidenden Mutter, und die Beine mit Müh und Not, mir der Schwellung zwischen den Beinen bewusst werdend, zur Debattierhaltung übereinanderzuschlagen. Meine Mutter brach in dem der Couch gegenüberstehenden Sessel zusammen, nach ihrer Einschätzung wohl das einzige unbefleckte Stück Möbel – für einen Menschen so träger Natur, wie ich es bin, einfach viel zu klein und unbequem. Was jetzt folgte, zog mir völlig die Schuhe aus, wie man so schön sagt. Meine bisher so süße und knetbare Mutter starrte, nachdem sie ihr Reservoir an Erbitterung ausgeschöpft hatte, lange auf mich oder, besser noch, durch mich hindurch, sie schien zu wissen, dass ich irgendwo vor ihr auf der Couch sitze, aber diese Tatsache betraf sie nicht besonders, in ihren bisher mich unterstützenden mütterlichen Gehirnwindungen lief ein ganz anderer

Prozess ab, ein Prozess, der mich dort drückte, wo es mir am meisten wehtat. Nichts von dem, was jetzt geschah, hatte ich erwartet, niemals hatte ich die Möglichkeit in Betracht gezogen, dass meine Mutter eines Tages wie andere Menschen existenziell verbittert, engherzig operativ und praktisch reagieren und ihrem Sprössling Grenzen und Aufgaben setzen, sich aktiv in seine Entscheidungen *einmischen* könnte, ohne sie wie ein serviler Stalker nur zu verfolgen. Sie überraschte mich sowohl mit ihrer Schnelligkeit als auch mit ihrer Entschlossenheit, deren Quelle ich erst eine Woche später erschnüffelte, als sie zugab, dass die Teilnahme an einem Therapiekreis sie *zum Besseren* verändert habe. Über mich schüttete sie in einem einzigen brutalen, aber genau überlegten Schwall, so genau gesetzt, dass ich nur seinen Schatten wahrnahm, einen Sandhaufen an Forderungen aus – Sandhaufen nenne ich ihn, weil es schien, als zöge jede klar postulierte Forderung eine Unzahl anderer Postulate hinter sich oder unter sich her, die mit ihren kristallscharfen Schneiden meine inneren Organe und meine innere emotionale Verfassung sezierten –, Forderungen, denen ich Folge zu leisten hätte, wenn ich mein Heim behalten wolle. Die Situation war für mich ziemlich unübersichtlich, aber es würde sich trotzdem gehören, dass ich die Worte genau wiedergebe, mit denen meine Mutter meinen existenziellen Abortus herbeiführen oder zumindest verlautbaren wollte, also den Abortus des Existenzmodus ihres eigenen, einzig geliebten Kindes. Zuerst erklärte sie, dass sie es sich nicht mehr erlauben könne, die Augen zu verschließen, ihre selbstgewählte Blindheit habe sie nämlich in diese völlig unhaltbare Situation gebracht, die vor allem auf meine junge und verletzliche Persönlichkeit zerstörerisch gewirkt habe, weshalb sie beschlossen habe, mein physisches und psychisches Befinden von nun an regelmäßig zu kontrollieren, wenn notwendig, auch mittels medizinischer Tests. Wichtig sei, dass ich nüchtern sei, fügte sie hinzu und ergänzte, dass sie sich über alle möglichen Arten der für Süchtige charakteristischen Einschmeichel-Strategien informieren werde, mit denen ich mir eine Pause oder einen Umweg um die Abstinenz zu erkaufen versuchen könnte. Mein Taschengeld werde sie auf ein Minimum zusammenstreichen, und es entsprechend den realen Bedürfnissen zumessen, zu denen die Bezahlung des öffentlichen Nahverkehrs, die Bezahlung einer zusätzlichen täglichen Mahlzeit und die Bezahlung der Prüfungsgebühren gehörten, meine Hoffnung, ich könnte in freizeitliche Aktivitäten nächtlichen Typs ausweichen, hatte ich offenbar auf Sand gebaut. Entschlossen drückte sie die Erwartung aus, dass ich mein Studium einschließlich Diplom in zwei vollen Studienjahren abschließen werde, gerechnet vom Datum des Umbruch-Gesprächs an. Den größten Nachdruck legte sie auf den letzten Paragrafen der Bedingungen, indem sie verkündete, dass ich schon in der kommenden Woche einen Therapiekreis zu besuchen habe, von dem sie meine, dass er die nötige Kraft habe, auch ein derart verpfuschtes Leben zu ändern, wie es meines sei. Erwähnen muss ich, dass mich die letzte Zuschreibung hart traf, denn, ich wiederhole, auf der einen Seite konnte ich nicht glauben, dass meine süße und knetbare Mutter in eine ganz andersgeartete Person explodiert war, auf der anderen Seite konnte ich aber auch nicht glauben, dass sie in mir nicht mehr dasselbe feinfühlige, mitunter unberechenbare und eigenwillige, aber doch warmherzige Bärchen erkannte, das ich von Kindesbeinen an gewesen war.

Nur schwer finde ich die richtige Färbung zur Beschreibung meiner damaligen Trauer und Panik: In zwei Wochen hatte mich das Weltall in eine Lage versetzt, die sich nur Menschen wünschen, die in einem halluzinativen Szenarium auf seelische Entwicklung und Fortschritte abfahren, Menschen, die in ihren gutgläubigen Köpfen angebliche fundamentale Gesetzmäßigkeiten der Wirklichkeit gutheißen und sie ganz nebenbei mit ihrem ewig wiederkehrenden „so ist es eben" bekräftigen, Menschen, die es in Ordnung und richtig finden, dass das zentrale Merkmal des Lebens Bewegung ist, und die aus dem Gefäß ihrer begeisterten Geistigkeit den Willen dazu schöpfen, Menschen, für die Stillstand Schande bedeutet, Menschen, die es verstehen, „bessere Bedingungen" auszuhandeln, obwohl sie das mehr psychische Energie kostet, als wenn sie sich mit den gegebenen Bedingungen zufriedengäben und sich in ihnen einrichteten. Ich bin kein solcher Mensch, und sicher wissen Sie, von welcher Nuance die Bitterkeit der menschlichen Erkenntnis ist, nicht respektiert zu werden, behandelt zu werden wie jemand, der einer peniblen Sanierung bedarf, einer Restaurierung zu etwas, was er nie war. Sie alle wissen, dass es sich hierbei um ein seelenloses Ausstreichen aus dem Register wertvoller menschlicher Wesen handelt, und weil Sie das wissen, frage ich Sie bei dieser Gelegenheit, was ist das für eine Welt, in der das Individuum diesen Namen nur verdient, wenn es sich dem Druck und den Maßstäben derselben Welt zur Gänze beugt, was ist das für eine Welt, die das Konzept des Individuums ersetzt durch das Konzept des Funktionierens, was ist das für eine Welt, in der es geschätzt wird, wenn man fremde Wörter im Munde wälzt, Wörter aus einer Welt, deren höchste Zufriedenheit es ist, wenn der Mensch verkrüppelt ist – denn erst im verkrüppelten Zustand kann man ihm ein wenig Humanismus an- und verpassen. Ich sage ja, ich könnte wirklich nur schwer erklären, wie niederschmetternd die Bitterkeit bei Erkenntnissen dieser Sorte und Stärke ist, einfacher kann ich vielleicht erklären, wie sich durch meine leise dahinströmende Trauer ein unterwürfiger Konformismus Bahn brach.

Sie müssen nämlich wissen, dass ich in Mutters Forderungen ohne übertriebenes Zögern einwilligte. Mit Süchtigen meines Genres ist es so, dass wir mit uns selbst ausnehmend rigide sind, nach außen hingegen ausnehmend elastisch. Die große Spaltung zwischen innen und außen ist bei Menschen meines Genres von entscheidender Bedeutung, denn in ihrer Folge können wir, ziemlich wortwörtlich, auch unter den schärfsten Bedingungen überleben. Dieses *innen* nennen wir landläufig auch „Verlangen nach Bequemlichkeit und innerer Ruhe“, das schon deshalb völlig unantastbar ist, weil es kein einheitliches oder einzig richtiges Objekt hat und seine Erfüllung unter höchst unterschiedlichen Bedingungen sucht und findet, selbst aber immer dasselbe bleibt. Das Verlangen nach Komfort und innerer Ruhe wird nicht in allgemeinen biografischen Maßstäben gemessen, sagen wir in Erfolg, Leistung und anderen Epauletten, das Verlangen nach Komfort und innerer Ruhe interessiert nicht, ob die Umstände, in denen sich sein Träger befindet, tatsächlich von besserer oder schlechterer Qualität oder ob sie ethisch beziehungsweise moralisch strittig sind oder ob sie auf egal welche Weise den sonstigen äußerlichen Bestrebungen des Individuums entsprechen, es interessiert es nicht, ob es in egal welchem Sinn auch andere Bedürfnisse des Individuums reflektiert, für das Verlangen nach Komfort und innerer Ruhe ist, wie gesagt, nur wichtig, dass die Umstände so komfortabel und ruhig wie möglich sind – wenn Sie mir diese Tautologie erlauben. Das bedeutet in meinem konkreten Fall, dass die Kraft, die für die Aufrechterhaltung einer vergleichbaren Lage, für die Aufrechterhaltung eines komfortablen couchigen *Stoned*-Zustands erforderlich wäre, für mich einfach zu groß wäre – nicht einmal in meinem wildesten Zustand kann ich mir vorstellen, meine wertvolle Energie in ein unerbittliches Opponieren zu investieren und für mich, für meine privaten Projekte bestimmte Rechte einzufordern – die Einwilligung zu einer kleinen Aktion im Austausch für ein Zuhause, für Essen und Sicherheit war im Vergleich damit weniger bedrohlich. Ich entschuldige mich für die Digression, aber ich halte es für wichtig, Ihnen, Menschen auf der Rückseite des Mondes, das konformistische Muster so hell wie möglich auszuleuchten, das von den meisten Menschen falsch verstanden wird, gewöhnlich ausschließlich in Hinblick auf Gewinn- oder Karrierestreben. Ich möchte nicht philosophisch werden, mir ist aber wichtig, zu betonen, dass die Freiheit des Menschen größer werden kann, wenn man bereit ist, für sie einige Privilegien oder Rechte zu opfern.

Nach dem Gesagten muss Ihnen klar sein – jedenfalls soweit Sie feinfühlige Zuhörer sind –, dass der reaktive Kern meines größten reaktiven Problems in den beschriebenen zwei Wochen von einem sauren Regen überschüttet wurde und in der Flut nicht nur mein Liebesverhältnis fortgeschwemmt wurde, sondern in erster Linie auch *mein* Leben oder, wie wir das noch verstehen können, die Zeit, in der ich das Leben ohne schlechtes Gewissen durch Genussgymnastik ersetzt habe. Seit der Apokalypse sind genau sechsundfünfzig Tage vergangen, und ich würde natürlich lügen, wenn ich behauptete, dass mir dieses sogenannte *Leben* beziehungsweise seine sogenannte *Realisierung* zusagt, dass mir die Erfüllung der sorgsam auferlegten Pflichten, mit denen ich um wohnungsmäßigen und finanziellen Schutz feilsche, bestimmte Freuden, ein glänzendes Selbstbildnis oder sogar soziale Bestätigung verschaffen kann. Nein, wissen Sie, von alledem habe ich nichts anderes als neue Scherereien.

Das erste in einer ganzen Reihe von Problemen war natürlich Mutters Entschluss, mir das Geld in kleineren Mengen zuzumessen, weshalb ich für ein Gramm Marihuana immer aufs Neue gezwungen war, einen niedrigeren Preis auszuhandeln, die mühsamen Verhandlungen wurden dann nach einem Monat von meinem bis dato treuen Dealer selbst abgebrochen, als er feststellte, dass sich sein Gewinn bei jeweils zwanzigprozentigem Nachlass im steilen Sturzflug befand. Einen neuen Dealer konnte ich mir nicht suchen, denn solche, die ausschließlich Marihuana verticken, sind äußerst selten, zu den anderen, die auch andere Drogen für mehr Geld dealen und deshalb viel öfter bewaffnet und gefährlich sind, traute ich mich ehrlich gesagt nicht. Wegen meines, so könnte man sagen, mehr oder weniger gut durchgekneteten und abgehangenen Äußeren eines geheimnisvollen älteren Mannes schenken mir die Gelegenheitsraucher hinter der Fakultät oder dem Wohnblock mit ihren Joints ihr Vertrauen, was bedeutet, dass ich eine Fülle gewichtiger – also nicht nur erzwungener – Gründe für einen regelmäßigen Besuch der Uni habe, aber auch, dass ich allen meinen Bemühungen zum Trotz immer weniger rauche. Weil ich allen Zuhörern gern erklären würde, wie sich der Entzug anfühlt, muss ich nach Allgemeinplätzen greifen, nach Analogien, von denen ich hoffe, dass wirklich alle sie verstehen: Nicht so viel Marihuana zu rauchen, wie du gewohnt bist, oder wie du dir wünschen würdest, gleicht jenen Situationen im Leben, wo sich ein Koitus ankündigt, zu freier Verfügung, es aber zu ihm aus verschiedenen Gründen nicht kommt, oder, noch schlimmer, wenn der Koitus irgendwie beginnt, er dann aber unmittelbar vor dem Höhepunkt durch das Auftreten einer dritten Person, sei es ein Kind oder ein Elternteil, unterbrochen wird. Ich möchte mich über die Sache hier nicht weiter verbreiten, denn ich glaube, dass Sie, meine Zuhörer, sexuell aktiv sind oder es zumindest waren und Geschlechtsbeziehungen einigermaßen schätzen und sich deshalb mit der Analogie halbwegs einverstanden erklären können. Unter solchen Umständen verblasst der Mensch entzugsbedingt, sein mentaler Schauplatz wird vor allem vom Wunsch nach Tröstung besetzt, was in extremen Fällen zu unwürdigen oder erniedrigenden Handlungen wie etwa Selbstbefriedigung in öffentlichen Räumen führt. In meinem Fall bedeutet Entzug, dass ich besorgt schlafen gehe und manchmal schrecklich beklommen aufwache, überschwemmt von Erinnerungen an

Manca und mit Übelkeit im Magen, die bis zum Anzünden des ersten Joints nicht nachlässt. Gelegenheiten zu einer Befreiungspraxis, die mich wirklich befreien würde, habe ich nicht viele, denn meine Mutter hält mich an der kurzen Leine und spult unablässig meinen Fortschritt und meine Entwicklung auf, als wollte sie mir am Ende, wenn sie mich endgültig mürbe und zum Krüppel gemacht haben wird, aus dem aufgespulten Fortschritt und der Entwicklung ein Hemd schneidern, dessen ein Staatsbürger würdig ist. Ich versichere Ihnen, dass ich mit jeder Drehung der Spule finsterer und verbitterter werde und, was bei alledem am schrecklichsten ist, mit jedem Tag, an dem ich nicht so viel Marihuana rauche, wie ich möchte, mich tiefer und detaillierter in meine *Tätigkeiten* verstricke, wobei diese Verstrickung von einem entzauberten Gefühl der Endgültigkeit begleitet wird, ähnlich dem Gefühl, das die Mutter eines physisch oder mental zurückgebliebenen Kindes ergreifen mag: Sie gebiert dieses Kind und ist dann zu ihm verurteilt, schon von Anfang an weiß sie, dass absolut nichts, was sie tun wird, nichts, worum sie sich bemühen wird, wahre Wirkung auf das physisch oder mental zurückgebliebene Kind haben wird, der Amplitudenausschlag seiner Entwicklung ist und bleibt … nun, zurückgeblieben. Ohne Marihuana haben in meinem Leben spezielle existenzielle Effekte keine Durchschlagskraft, es gibt kein verwischtes, an zufälligen Stellen allerdings frappierend klares Bild, keinen verstärkten Klang, keinen Zugriff hoher Auflösung, keinen königlich nuancierten Geschmack und Geruch. Die mütterliche Zermürbungstaktik hat auch zur Folge, dass mein Innenleben ausgesprochen ermüdend und langweilig wird, die Wirklichkeit wird weniger beliebig, weniger freundlich und beherrschbar, sie wird ausweglos nach der Art eines naturalistischen Romans. Ich vermisse die Morgen, an denen mich das Marihuana metaphysisch gekitzelt hat und ich auf diesen Kitzel immer mit einem leichten Sprung aus dem gewöhnlichen Bewusstsein reagiert habe.

Das zweite, genauso schwere Problem sind natürlich Sie, liebe Zuhörer, die Mitglieder des Therapiekreises eingeschlossen. Obwohl es mir zur Freude gereicht zu beichten – gestehen wir uns doch ein, dass es unter dem weiten Himmel keinen Menschen gibt, der seine Symptome nicht lieben, sich wie der Wachs an den Docht an sie klammern und bei jeder sich bietenden Gelegenheit fröhlich über sie debattieren würde –, spüre ich nach der Beichte weder besondere Erleichterung noch eine besondere Renaissance meiner Energie. Ich fühle mich ein wenig erschöpft, gleichzeitig verspüre ich den Drang nach einem Joint, den ich nicht habe. Meine Mutter erklärt mir, wie wohltuend das Erzählritual auf ihren Seelenzustand wirke, dass sie dadurch einen großen Teil ihrer existenziellen Nöte abgeworfen und sich am Schluss gefühlt habe, „als leuchteten die Sterne nur für sie". Ich selbst hatte derartige Sternenmetaphern nicht erwartet, denn, wissen Sie, für mich leuchten die Sterne auch, wenn ich mustergültig und flauschig *stoned* bin, der Besuch des Therapiekreises ist von diesem Gesichtspunkt aus ein absolut redundantes Geschäft. Wenn ich am Anfang Angst hatte, dass Sie vorhaben könnten, mich in einen *weiter gefassten* Rahmen zu stellen, um mich danach, wenn ich Ihnen gebeichtet hätte, zu zwingen, mir Ihre Art Verantwortung auf die Schultern zu laden, ist mir im Verlauf des Beichtens klar geworden, dass ich längst mein eigenes authentisches Leben lebe und dass das einzige Unglück meines Existenztyps darin besteht, nicht nach den Kapiteln Ihres Lebenshandbuchs zu leben. Ich schreibe mein eigenes Buch, wie man so sagt. Ich bin mir bewusst geworden, dass das reaktivste Problem meines Lebens nicht meine Marihuanasucht ist, mit der ich – wie Sie jetzt eingesehen haben – völlig offenherzig umgehe, sondern die Tatsache, dass ich Ihretwegen auf des Messers Schneide getreten bin, oder, noch besser, dass Sie mich an den Grund des Grabes gedrückt haben, das sich aufgetan hat, nachdem mich die Umstände gespalten haben. Der neurotischste Kern meiner Notsituation ist mein Negieren, das Spiel, das ich spiele, um meine wahre Persönlichkeit zu maskieren, in die ich – wie in die gute Mutter Erde – auch meine Liebe zum und meine Abhängigkeit vom Marihuana vergraben habe. Was mich in die augenblickliche Situation gebracht hat, in dieses nicht beneidenswerte Herumrutschen vor einem Zufallspublikum, ist nicht das Marihuana, sondern mein Zögern zu akzeptieren, dass ich Ihnen trotz aller Kenntnisse und Fähigkeiten, die ich habe, trotz der rigorosen Kraft der Autoreflexion, mit der ich gesegnet bin und mit der ich Ihnen im Verlauf dieser Beichte mehrmals den Atem geraubt oder zumindest den Mund geschlossen habe, wie man zu sagen pflegt, dass ich trotz meiner Fähigkeit, mich selbst aus einem anderen Blickwinkel einzuschätzen, nicht anders sein will. Ich weiß nicht genau, woher meine Kenntnisse und Fähigkeiten und die Stärke zur Autoreflexion kommen, vielleicht sind sie meiner neugierigen und auch träumerischen Natur zuzuschreiben, für einen Teil ist jedenfalls auch das Marihuana verantwortlich, das eingefahrene Seh- und Sichtweisen ins Wanken zu bringen vermag. Lassen Sie es mich in einem einfachen Satz sagen: Als Neurotiker weiß ich viel und sehe viel, das stimmt, aber das bedeutet noch lange nicht, dass ich *mein* Wissensgut für *Ihre* Zwecke verwenden werde. So wie Sie und meine Mutter sozial affirmierte Existenzprogramme des gemäßigten Fortschreitens erstellt haben, so habe ich meinen Willen und meine Zeit in ihr Gegenteil investiert und halte mich an das Prinzip der minimalen Abweichung. Ich sehe gern, dass die Dinge dieselben bleiben, und ich sehe sie gern durch die Brille des Marihuanas, denn so können sie sich jedes Mal zu noch aufregenderen Variationen fügen. Einen Grund für die nie abgeschlossene oder mit endgültigem Sinn erfüllte Gestaltung neuer äußerer Verhältnisse – Erlangung eines angesehenen sozialen Status, Erlangung eines Jobs, der anfangs interessant, schließlich aber ermüdend ist, Erlangung einer Frau, die anfangs interessant, schließlich aber ermüdend ist, Erlangung eines Kindes, das anfangs anstrengend und am Ende ein ungebildeter verpfuschter Kommerztrottel ist – finde und sehe ich nicht, denn ich kann jeden Tag bei ausreichender Unterstützung des herzensguten Marihuanas neue *innere* Verhältnisse erzeugen, die in Diskontinuität zu den vorangehenden stehen und gerade deshalb ausnehmend aufregend sind. Ich lebe mehr nach innen als nach außen, könnte man sagen. Der Kern meines reaktivsten Problems ist demzufolge, dass Sie mich dazu zwingen, mehr nach außen als nach innen zu leben.

Dass ich Ihnen das erzählen muss, ärgert mich und macht mich zugleich tief betrübt, denn ich habe niemanden zur Evaluierung meiner Existenzweise eingeladen, wie ich auch keine fremden Existenzweisen evaluiere. Als ich mich aus der Welt nahm, habe ich nicht erwartet, dass die Welt, in meine Mutter gekleidet und frisiert, an die Tür klopfen und meine persönlichen Dokumente verlangen wird. Soll es Ihnen noch ein letztes Mal den Atem verschlagen: Ich weiß, dass Sie mich auslachen, denn so luzide, wie Sie sind, die Sie nicht zu den leicht zufriedenzustellenden Zuhörern des naiven Typus gehören, wissen Sie, dass die treibende Kraft des zentralen Problems meine extreme Verwöhntheit ist, aufgepfropft auf ein Muster extremer Verantwortungsverweigerung – angeblich geht eines ohne das andere nicht –, und meinen deshalb, dass die etwas spät sich zeigende harte Hand meiner Mutter und die seit jeher hart fordernde Hand der Wirklichkeit mich von den diesbezüglichen Problemen befreien werden, sodass ich mich schließlich in ein selbstständiges, entschlossenes, an allem unaufhörlich teilnehmendes Individuum verwandeln werde, das sich der neuen Aufgaben unverzüglich annehmen wird, völlig präsent und stark und immer im Einklang mit sich selbst, dabei haben Sie aber wie absichtlich ein wichtiges Detail außer Acht gelassen, und zwar, dass die Würde des Menschen keinen sozialen Vorurteilen folgt, sondern im Wesentlichen interner Natur ist. Wissen Sie, ich schlafe nachts gut – beziehungsweise habe so lange gut geschlafen, bis sich in meine Beziehung zum Marihuana eine soziale Kontrollinstanz gedrängt hat –, obwohl ich nicht Ihre Art Verantwortung trage. Und es mir auch im Traum nicht einfällt, Sie zu fragen, wie Sie schlafen. Ich wünsche, dass Sie mich in Ruhe lassen. Ich wünsche, dass Sie mir erlauben, im Einklang mit dem fortzufahren, was ich im Lauf der Jahre vervollkommnet habe. Ich wünsche, dass Sie mir erlauben, für meine Ausführungen den gleichen Wortschatz zu verwenden wie Sie, also meinen Alltag *Leben* zu nennen und mich selbst *Individuum.* Ich wünsche, diesen schäbigen Schauplatz stolzen Schrittes zu verlassen, überzeugt von meinem Weg, auf den die Sonne scheint, brennend heiß wie der erste Zug Marihuana.

## Das Kind

Vom Nacken und über Schläfen und Kinn rann der Schweiß zwischen meine Brüste. Meine Haare klebten auf der Stirn, ich hatte nicht die Kraft, sie wegzuschieben. Die Luft im Zimmer war säuerlich und schwer. Das Bett, auf dem ich lag, spürte ich nicht, meine Beine waren taub. Die Augen konnte ich kaum offen halten, das trübe Bild am Ende des Zimmers wurde von den Umrissen der Wimpern umrahmt. Zwei dicke Frauen wischten das Kind mit einem feuchten Tuch ab. Seine kurzen Glieder ragten in den Raum und wanden sich grotesk, seine Haut war fettig blutig, ekelig. Es schrie, röchelte, atmete. Ich schlief schon fast, als mir die dicke Frau mit dem schütteren Haar das Kind in den Schoß legte.

„Passen Sie auf das Köpfchen auf."

Ich stopfte die Ärmchen ungeschickt unter die Decke, aus der ein unmenschlich runzeliges Gesicht hervorsah. Ich musste mich anstrengen, die Arme wollten sich nicht biegsam zu einer Umarmung schließen. Die Augen hatte es halb offen. Die weiche Haut über seinem Schädel schien einzusinken. Ich sah, dass sie pulste, wie der kleine Rumpf mediterraner Eidechsen pulst. Sein wackeliger Kopf machte mir Angst. Die Decke hob ich keinen Spalt, was darunter steckte, interessierte mich nicht. Auf den Schenkeln verspürte ich dasselbe Gewicht, das am Tag zuvor in mir gelastet hatte. Aus seinem Mund drängte eine geschwollene Zunge, seine Lippen zuckten gierig, mit jedem Zucken rann ein Tropfen Speichel auf meine Hand. Ein Schauer lief mir über den Rücken und erfasste meine Glieder wie Lava.

„Langsam müssen Sie ihn mal anschließen", kicherte die zweite dicke Frau.

„Was meinen Sie damit?"

Sie zeigte auf meine großen schmerzenden, von blauen und violetten Adern durchzogenen Brüste.

„Es soll saugen. Jetzt muss es saugen. Ich denke, es ist Zeit, dass wir auch Ihren Mann herrufen."

Ich gehorchte der dicken Frau, schlug den durchnässten Kittel zurück und legte das Gesicht des Kindes an die Brustwarze. Bevor seine Lippen mein Fleisch berührten, atmete ich tief ein. Es saugte grob, ich fühlte mich, als würde es mich mit einer dünnen stählernen Ahle durchstechen, die meine Brust durchdringt, sich unter das Brustbein bohrt und am Schulterblatt kratzt. Es saugte und saugte, und ich konnte mich nicht bewegen, mit aller Kraft drückte es mich ans Kopfende. Ich presste die Augen zu und hielt die Tränen zurück. Die dicken Frauen durften mich so nicht sehen.

Auf dem Gesicht bemerkte ich, als die Tür aufging, einen warmen Lichtschein vom Flur her.

Jan näherte sich mir wie einer müden Wölfin, die schon bei einem Windhauch unruhig wird und beim Rascheln des Laubs Schmerz empfindet. Neben meinem flachen und angespannten Atem war sein Atmen noch tiefer und noch ruhiger als gewöhnlich. Mit der Linken fuhr er zärtlich über den Kopf des Kindes, mit der Rechten schob er eine Strähne zur Seite, die mir in die Augen fiel, und küsste mich. Der Kontrast zwischen dem stummen saugenden Kind und dem liebevollen Mann brannte mich im Brustkorb.

„Wie schön du bist, Jasmin. Beide seid ihr schön", sagte er. Sein Blick wanderte über die Gesichtszüge des Säuglings, die ihn vor Freude strahlen ließen, während ich auf sein dichtes, festes Haar starrte in der Hoffnung, dass die jähe Wut verflog, bevor ich wieder das Kind ansah.

„Es ist wirklich schön", log ich. „Jetzt wird es hier ein paar Stunden saugen. Bleibst du bei mir?"

„Was möchtest du?"

Ich fragte mich, was er sah. Vor ihm lagen seine erschöpfte Frau und das Neugeborene, das sich krümmte, weil der Milch etwas fehlte. Ich strahlte nicht, und Jan hatte das sicher wahrgenommen. Auf mich hatten sich kein sprichwörtlicher Friede und Glück gesenkt, meine Wünsche fochten in diesem engen, fensterlosen Entbindungszimmer den gleichen Kampf mit der Zeit wie zuvor.

„Ich bin erschöpft. Vielleicht kannst du etwas später wiederkommen? Wir werden nirgendwohin weggehen, das verspreche ich." Ich bemühte mich, besorgt zu klingen, den Eindruck zu erwecken, dass ich mich in der Einsamkeit mit dem Kind verbinden und ihm den ersten Funken Liebe übertragen werde. Ich glaubte sogar selbst, dass es so sein werde. Er nickte verständnisvoll und ließ auf der zarten Stirn des Kindes tausend vorsichtige Küsse zurück.

„Gut. Ich bin bald zurück." Während er langsam die Tür schloss, fiel das Licht auf seine Augen und seine Stirn. Keine Falte, keine Spur eines Zweifels.

Wir blieben allein. Den Raum füllten das Schmatzen des Kindes und ein zorniges Grummeln, das aus seinem Bauch aufstieg. Meine Brustwarzen wurden gefühllos. Die Scheide wurde gefühllos. Ich wollte mich berühren, um zu prüfen, was für eine Wunde es hinterlassen hatte, aber ich konnte nicht über es hinunterreichen. Ich begann zu weinen, die erste Träne tropfte direkt auf die Öffnung der Fontanelle. Es durchfuhr mich: Würde ich lange und stark auf dieselbe Stelle weinen, könnte ich es verletzen. Dann würde es Ruhe geben.

Du bist paranoid und nicht bei dir, schimpfte ich mit mir. Ich habe nie gut auf Neuigkeiten reagiert. Das ist es.

Nach ein paar Stunden wurde das Kind von den beiden dicken Frauen geholt, um es gründlicher zu waschen, es zu messen, zu wiegen und ihm Blut abzunehmen. Vielleicht ist es krank, dachte ich, und es muss hierbleiben. Ernähren werden sie es durch Schläuche, oder es wird von irgendeiner anderen Frau gestillt werden.

Sofort als wir allein waren, setzte sich Jan an den Bettrand. Er wollte mich umarmen, aber ich fing ihn rechtzeitig ab, indem ich ihm die offene Hand vors Gesicht hielt. Er drückte sie und legte sie sich auf die Brust.

„Mir tut alles weh."

„Ich verstehe." Er strich mir übers Haar. „Ich gratuliere, Liebes. Ein neues Menschlein ist angekommen." Die grünen

Flecken in seinen Augen glänzten, er sah neugierig aus, wach, verliebt.

„Es ist wirklich neu." Meine Lippen wurden weich. Ich lächelte mühsam. „So neu, dass ich Angst habe, es schmutzig zu machen."

Ich wünschte mir, dass er meine Hilflosigkeit erkannte, dass ich mich ihm anvertrauen könnte. Dass er mir zuhörte und geduldig erspürte, was ich fühle. Erklärte, dass Unausgeschlafenheit die Wahrheit verdunkeln und die Schönheit ersticken kann. Dass die Anfänge keineswegs die Intensität von Geschichten oder ihren Schluss bestimmen. Nervös schluckte ich den Speichel hinunter, Hitze überströmte mein Gesicht.

„Stimmt etwas nicht?" Die Frage knallte durchs Zimmer wie ein Schuss. Sie gehörte nicht hierher, zwischen Wände, in denen Leben entsteht, zwischen denen Verletzlichkeit in ihrer ursprünglichen Form ruht. Sie flößte mir Mut ein.

„Ich …", ich suchte nach Worten, die Müttern anstehen, „ich bin ganz durcheinander. Ich weiß nicht, wie ich mich verhalten soll."

„Natürlich bist du das, Liebes. Wie solltest du auch nicht, wir sind zum ersten Mal Eltern. Alles ist plötzlich anders, auf einmal sind wir zu dritt." Er küsste mich auf den Mund. Die reife Textur seiner Haut und seines Kinns trösteten mich. Er überzeugte mich, dass wir dasselbe fühlten, vom selben sprachen.

Nach drei Tagen verließ ich die Entbindungsklinik. Das Kind hatte sich in der Zwischenzeit sichtlich verändert, die

Milch hatte ihm Farbe gegeben und es gekräftigt. Wenn es die Augen aufmachte, öffnete es sie weit, die Lider glitten ihm dabei tief unter die Stirn. Wäre es nicht so klein gewesen, hätte es verrückt ausgesehen. Die beiden dicken Frauen in der Entbindungsklinik hatten wiederholt gesagt, dass es klug in die Welt hinausschaue und dass es die jungen Damen bezaubern werde. Während des Abschieds konnten sie sich an seinem Liebreiz einfach nicht sattsehen. Jan erkundigte sich im letzten Augenblick, ob das Gewicht des Kindes normal sei, ob es groß genug sei, ob der leichte Stich ins Aschfarbene in seinem Gesicht vergehen werde. Sie verwickelten sich in ein Gespräch, dem ich nicht zu folgen vermochte.

Ich fragte mich, ob mein Körper jemals wieder so fest sein würde, wie er vorher war. Mütter verlieren ihre jugendliche Festigkeit. Ihr Körper ist der Gefangene eines anderen, viel kleineren und schwächeren Körpers und wird deshalb auch selbst zu einem solchen. In Gedanken ging ich alle verfallenen, willenlosen und verzweifelten Mütter durch; Mütter mit großen Hintern und Schenkeln, über die der Bauch hängt, Mütter mit kurzgeschnittenem, stumpfem Haar, Mütter mit in sich gekehrtem Blick und Extremitäten dünner als Reisig. Ich zitterte vor ihren Formen. Schweigend stand ich an der Seite meines Mannes und hielt das Kind, von dessen Körper ich mich lösen wollte, wie abwesend im Arm. Ich ließ nicht zu, dass es mich beherrschte.

Die dicken Frauen beäugten mich aus dem Augenwinkel. Ich wusste, was sie an mir suchten.

„Seien Sie lieb, Mila. Seien Sie gut zu ihm“, sagte die dicke Frau mit dem schütteren Haar.

Ich reagierte mit dem Ton eines Menschen, der etwas zu verbergen hat. „Schade, dass wir wegmüssen. Hier ist es so ruhig und angenehm, ich könnte noch bleiben."

„Sie wissen doch, dass wir keinen Platz haben. Auch anderen müssen wir die Gelegenheit geben, auch andere sind Mütter", schloss die andere dicke Frau. Das letzte Wort betonte sie ätzend.

Jan bedankte sich mehrmals für die Betreuung und vertiefte noch den Kontrast zwischen seinem Hochgefühl und meiner Indifferenz. Erschöpft vom Stehen, zupfte ich ihn am Ärmel. Wir gingen zum Auto. Mit dem Kind an der Brust setzte ich mich auf den Rücksitz und entzog mich Jans forschendem Blick im Rückspiegel. Ich starrte aus dem Fenster, antwortete automatisch auf seine zahllosen Fragen nach der Geburt und verglich mich mit den Frauen, die auf den Trottoirs gingen. Plötzlich trat mir das Kind heftig in den Bauch und gegen die Brust.

„Au, verd…", verschluckte ich den Fluch und spürte, wie er einen gefährlicheren Raum aufstieß.

„Was geht da hinten vor?"

„Ach, nichts Besonderes, Jasmin hat mich in den Bauch getreten. Wahrscheinlich sieht er noch nicht so gut." Ich klang sachlich, was auch Jan hörte. Auf dem Scheitel fühlte ich zwei zweifelnde Augen.

„Nein, er sieht wirklich nicht gut. Die Hebamme hat gesagt, dass er erst in einer Woche richtig sieht, vielleicht sogar erst in zehn Tagen", ergriff er das Wort und fügte, als er merkte, dass ich das Gespräch nicht fortsetzen werde, spitz hinzu: „Deshalb darfst du ihm nicht böse sein."

In meiner Kehle stieg ein kleinlauter Schrei hoch, doch auch den schluckte ich hinunter. Auf der Rückbank des Autos, wo Jan und ich uns Jahre zuvor geliebt hatten, stürzte eine Reihe von Regeln und Geboten über mich herein. Mütter werden erst dann zu Müttern, wenn man sie kastriert, dachte ich. Unsere Fruchtbarkeit ist es, die uns als Erste die Freiheit nimmt. Meine Gefühle werden von nun an einem Wesen gehören, dem ich nicht böse sein darf. Ich sank in mich zusammen, der Schrei, den ich unterdrückt hatte, wanderte über die Milch zum Kind. In seinem Körper wurde er teuflisch.

„Ja, das ist aber eine Stimme", lachte Jan am Steuer.

„Ach, ich weiß überhaupt nicht, was ich machen soll."

„Vielleicht kannst du es ein wenig schaukeln? Ihm etwas zuflüstern oder vorsingen?" Die Vorschläge wurden zu Vorwürfen. Jans morgendliche Euphorie begann zu bröckeln. Übrig blieben größere Stücke Fröhlichkeit und kleinere, schärfere Stücke von Ungeduld.

Ich fing an, dem Kind vorzusingen und es zu wiegen. Sein Schreien steigerte sich, erreichte einen kehligen Höhepunkt, um in dem Moment, als ich Jan schon bitten wollte anzuhalten, in Stille umzuschlagen. Seine Stimme versagte, doch das bedeutete nicht, dass es aufgehört hätte zu schreien.

„Na, siehst du, es geht dir von der Hand, mit deiner Stimme bezauberst du wirklich alle." Das Gönnerhafte stand ihm nicht. Er war sich dessen bewusst und entschuldigte sich, aber in meinem Becken fing es vor Einsamkeit schon zu rumoren an. Unter mir, an der Brust festgesogen, ruhte das Kind, das mir genauso fremd vorkam wie der Mann auf dem

Vordersitz. Mit ihren Erwartungen hatten sie mich von den Quellen der Spontaneität weggedrängt und mir ein Schweigen verordnet, mit dem ich mich abzufinden hatte. Wieder unterdrückte ich die Tränen.

Die Landschaft, die sich zwischen der Stadt und unserem Dorf ausbreitete, dunstete vor Hitze, verlor Farben und Konturen. Wir fuhren zu einem Haus, das auf den Ankömmling bestens vorbereitet war. Aus den Räumen, wo sich das Kind, wenn es laufen könnte, bewegen würde, hatte Jan alle Möbel mit scharfen Kanten entfernt und alle schwereren Gegenstände an den Wänden befestigt. Durch die Etagen zog vielleicht immer noch der Duft von frisch gebackenem Brot oder Apfelstrudel. Auf das Kind wartete ein hübsches Zimmer, das Jan und ich gemeinsam eingerichtet hatten, damals, als meine Ängste noch in tiefer Inkubation ruhten, als ich eine mögliche Infiziertheit mit der linken Hand abtat und ihre Keime der Schwangerschaft zuschrieb. Direkt über der Tür des Zimmers, das es erst ein Jahr später beziehen würde, hatte ich ein Schild aufgehängt: Willkommen, Jasmin.

Als ich mit dem schlafenden Kind die Schwelle des Hauses überschritt, fehlte mir der Atem. Das Kind reagierte auf meine Reglosigkeit mit Wüten und Weinen, es strampelte und streckte die Hände nach meinen Haaren aus, als wollte es sie greifen und daran ziehen. Es wollte sogar meinen Atem beherrschen. Während ich mich verwirrt im Flur umsah und einen Ort suchte, wo ich das Kind ablegen konnte – ich hatte Angst, ohnmächtig zu werden –, näherte sich mir Jan von hinten und stellte ganz ruhig fest: „Gut, Jasmin, schon in Ordnung, hab keine Angst, jetzt bist du zu Hause. Mit

Mama und Papa bist du immer sicher." Ich drehte mich um, drückte Jan das Kind in die Arme und sank auf die Couch im Wohnzimmer. Vor mir auf dem Klubtischchen lag der Folder eines Kurses für Schwangere.

Mit dem Kind im Arm sah Jan ganz gelöst aus, so als würde seine Haut direkt in die weiche Haut des Kindes übergehen. Seine Gesten waren väterlich beherrscht. Überzeugt, dass Vibrationen das Kind beruhigen, wanderte er durch die Zimmer, während ich rätselte, ob ich für ihn noch jemals nur Mila sein würde, oder ob wir, so wie alle anderen Eltern, unsere wahren Namen vergessen würden.

Das Schluchzen des Kindes wurde leiser. Jan legte es wie ein Geschenk auf meine steifen Schenkel und sagte: „Ich weiß, dass dir übel ist und du müde bist, aber ich glaube, Jasmin muss essen." Er setzte sich an meine linke Seite und beobachtete gespannt meine Reaktion, er wartete auf die Magie des Stillens. In der linken Wange verspürte ich einen brennenden Schmerz, der sofort hinter die Augen übersiedelte. Mir war, als wäre ich erblindet, in meinem Kopf läutete es, ich konnte das Läuten nicht mehr vom Weinen des Kindes unterscheiden. In den Lärm mischte sich noch Jans Aufforderung: „Nun halte ihn schon! Sonst fällt sein Köpfchen zurück, das ist kein Scherz."

„Entschuldige. Ich bin kaum noch wach, ich muss ein bisschen schlafen", entgegnete ich, ohne mein Gemurmel wirklich zu hören. Ich hob das Kind an und beugte mich vor, um es meinem Mann zurückzugeben, als er mir zaghaft an den Oberarm fasste: „Aber Jasmin muss wirklich essen. Die Hebamme hat gesagt, dass wir ihm, wenn er noch so klein ist, das Essen nicht verweigern dürfen." Die Empörung, die ich deutlich in seinen Augen las, versuchte er in Fürsorge zu kleiden. Er verwendete die Mehrzahl, die dort, zwischen meinen Brüsten, auf meinen Schenkeln und Armen, nichts zu suchen hatte. Mich überkam die Wut, die das Kind sofort in ein fürchterliches Geschrei übersetzte. Ich wiederholte: „Das Kind muss essen!" Mit einer Hand zog ich mir die Tunika über den Kopf, hakte den BH auf und schmiss ihn auf den Boden. Mir war, als hätten sich meine Brüste über den ganzen Raum ausgebreitet, als würden sie in alle Ecken und Ritzen dringen, als würde ihr Gewicht die Möbel umstürzen und zertrümmern. Ich war eine Fabrik, die von jemand anders verwaltet wurde. Ich drückte das Kind an die Brustwarze, ich wollte ihm die ganze Milch hineinspritzen, dass es nie mehr hungrig sein, dass es nie mehr weinen würde.

„Hier, siehst du, es trinkt. Es trinkt seine Milch, es ist still. Möchtest du vielleicht noch etwas?"

Das waren nicht die Familienszenen, wie wir sie uns noch vor wenigen Monaten ausgemalt hatten, deshalb versuchte Jan sie ins Gleis zu bringen. Er fasste mich um die Schulter, küsste mich auf den Kopf und glitt zu meinem Schlüsselbein hinunter.

„Entschuldige. Ich will nicht, dass du unter Druck stehst. Aber …", stahl sich wieder dieser sterile, gefühllose, sachliche Ton in seine Stimme, „du bist eben seine Mama. Deshalb kannst nur du ihn nähren. Ich verspreche, dass, wenn er ein bisschen größer ist, ich für seine Mahlzeiten sorgen werde." Er kicherte, als wäre alles zusammen nur eine Frage der Ernährung.

„Du hast recht. Ich lasse ihn trinken, und dann lege ich mich hin."

Um diesen versöhnlichen Ton musste ich mich eigens bemühen. Alle Fasern meines Körpers waren noch immer am Brennen.

An diesem Nachmittag kam ich trotzdem nicht zum Ausruhen. Die Forderungen des Kindes nahmen zu, es drängte unablässig an meine Brüste. An den Brustwarzen bildeten sich schon kleine Wunden, aus denen während des Stillens rote Tröpfchen sickerten, die sich mit der Milch vermischten. Sie blieben auf den Lippen des Kindes, und wenn es das Gesicht verzog, rannen sie zu seinem Hals. Das halluzinative Bild faszinierte mich, deshalb wischte ich das Kind nicht ab. Die blutigen Kinderlippen waren die einzige Wirklichkeit, die ich noch ertragen konnte.

Im Haus wanderte ich umher wie in einem Museum meines einstigen Lebens. Zwischen mir und den Gegenständen steckte das Kind. Die Porzellantassen, die schönen Kleider, die Schuhe mit dem spitzen Absatz, die Zigaretten auf der Fensterbank, nichts von alledem war mehr für mich da. Am Spiegel im Flur ging ich rasch vorüber, ich wusste, was mich ansehen würde, ich wusste, dass ich den Anblick nicht aushalten würde. Auf Telefonanrufe meiner Mutter, meiner Schwester oder von Freunden, die von mir Begeisterung erwarteten, antwortete ich nicht. Ich versank in Schweigen, denn würde ich zu sprechen beginnen, würde meine Stimme Glas zersägen. Wann immer das Kind und ich Jans Blicken entschwanden, rief er hinter mir her und kontrollierte, was ich tat. Auch er konnte sein Unbehagen nicht mehr verhehlen.

Nachts starrte ich, an die Wand gelehnt, auf den nackten, ungezeichneten, anziehenden Körper des Mannes, der das deformierte Weib an den Bettrand gedrängt hatte. Trotz meiner Erschöpfung konnte ich nicht schlafen. Ich betrachtete Jans Erektion und wollte ihr Anlass sein. Mich überfiel Eifersucht, alle Frauen, die er träumte, verwies ich auf ihren Platz, allerdings wurde ich mir sofort, als das Kind wieder zu weinen anfing, ihrer Übermacht bewusst. Ich gehörte einem anderen Orden an, einem Orden, dem wir irrtümlich Ewigkeit zuschreiben. Ich wurde Inhalt, ich wurde Liebe. Auf dem Bett entkörperte ich mich leise; Beine, Arme, Hals, Rücken, Anus, Scheide, Haare, Augen, Nase, Mund, Bauch, Muttermale, Narben, Schrammen, Dellen, Streifen, alles das für ein Kind, ein Kind, das die Welt nicht verändern wird. Wessen Wahl war das, dachte ich, und über meine Wange lief die erste Träne. Ihr folgten andere, die furchten und brannten. Gegen meine Verzweiflung und meine bittere Wut kamen sie nicht an. Die konnten sie nur weiter auffüllen.

Als ich auf das Schreien des Kindes nicht reagierte und nicht aufstand, wurde Jan wach und schimpfte, ganz so wie ich oft geschimpft hatte, wenn er schnarchte. Ich stand auf und trat an die Wiege.

Mir war, als ginge ich Stunden. Beim fahlen Licht stand ich über die Wiege gebeugt. Das Kind krümmte sich, sein Mund klaffte weit, aber der Ton drang nicht zu mir. Ich stürzte in seinen Rachen, es verschluckte mich wie ein

Schwarzes Loch. Den Boden unter den Füßen spürte ich nicht. Die Ecke des Zimmers, in der die Wiege, ich und das Kind standen, hatte sich vom Haus gelöst. Die Umgebung verschwamm und verzerrte sich. Für einen Moment bewunderte ich das abstrakte Bild als Bürge einer Möglichkeit. Unter meinen Händen schwebte das Kind, deutlich nahm ich nur seine Wärme wahr, das Schlagen seines Herzens, die Vertiefung zwischen Hals und Kinn. Sein Körper eine Variation unserer Körper, seine Geschichte Schmarotzertum. Sein Herz schlug immer schneller, seine Haut wurde fiebrig und klebrig. Ich atmete mit vollen Lungen und hielt den Atem an. In den Fingerspitzen kribbelte es. Meine Finger versanken in den seidig weichen Falten seines kleinen Körpers, und als sie an Knochen stießen, drückten sie zu. Das Schwarze Loch wurde enger und schloss sich ganz. Die Knöchelchen des kleinen Körpers reagierten wie Klaviertasten. Auf sie legte ich beide Hände. Meine Augen erloschen über der Fuge aus Fingern, Brüsten und Händen. Eine Mutter muss auch mal hart sein.

Die Stille wurde von einem ungeheuerlichen Schrei durchbrochen. An meiner Schulter verspürte ich einen scharfen, kalten Hauch, der mich gewaltsam in die Wirklichkeit zurückriss.

„Mila, was tust du denn?!“ Jan hatte das Kind aus der Wiege gehoben und presste es an seine Brust. Rücklings zog er sich in die andere Zimmerecke zurück. Er war bleich, kalter Schweiß lief ihm herunter, er klapperte mit den Zähnen und strich dem Kind mechanisch über den Kopf. Das Kind verbarg sein Gesicht, es versank in Jans Brust. Jans Beine waren morsch, aufrecht hielt ihn nur das Grauen. Er wollte flüchten, doch vor einer Mutter flüchtet niemand.

„Mila …“, die Worte verhakten sich zwischen seinen Lippen, „was …“

„Was machen Sie denn? Können Sie wieder nicht schlafen?“ Er fasst mich unter dem rechten Arm und rüttelt an meiner Linken, die sich noch immer fest an das Bettgitter klammert, und zieht mich entschlossen zu sich.

„Beruhigen Sie sich. Sie wecken noch alle Nachbarn auf. Das wollen Sie doch nicht, oder?“

Damit das Kribbeln aufhört, reibe ich die Handfläche an dem sackartigen Nachthemd, aber rasch wandert es woandershin. In die Vertiefung zwischen Hals und Kinn. An die Nase, an die Stirn, an die Schläfen. Wieder umfasst er mich und presst meine unruhigen Hände an die Hüften. Er beugt sich vor, um mir in die Augen zu sehen. Als wir uns ansehen, fährt er fort: „Gehen wir spazieren? Das hilft Ihnen gewöhnlich.“ Mir ist schwindlig, ich lehne mich mit meinem ganzen Gewicht an den Jungen in Weiß. Er stößt die Tür des Zimmers auf, und vor uns erstreckt sich ein langer Flur mit gelben Wänden.

„Kommt Jan morgen?“

„Nein, Mila, Jan kommt morgen leider nicht“, antwortet er stockend.

Er fängt mich gerade noch auf, als ich zusammenbreche. Wir setzen uns auf eine Bank. Im langen gelben Flur ist nichts zu sehen, niemand. Über die Wände fließt nur ein Kinderweinen, ein untröstliches, bitteres Weinen.

„Er kümmert sich um das Kind."

„Ja, darum kümmert er sich." Er dreht sich zu mir um und lächelt. Dieses Lächeln ist, als würde er mich in den Armen wiegen. Ich brauche mich nicht zu schämen.

## Ritalin

Die Kleine benahm sich, als hätte man ihr ein Körnchen Metamphetamin, zwei Tröpfchen LSD, ein Viertelgramm Kokain und einen abgestandenen Krautsalat in den Gen-Satz gespritzt. Sie spielte nicht nur verrückt, sondern wurde auch unaufhörlich von Winden geplagt. Die ganze Zeit fragte ich mich, ob sie vielleicht nicht nur in den Manieren zurückgeblieben sei, sondern auch in der Entwicklung, denn nur selten brachte sie mehrere aufeinanderfolgende zusammenhängende Äußerungen zusammen. Genau genommen sprach sie nicht, sondern schrie oder krächzte. „Wasser", „Klo", „Tante", „Ball", „zum Essen", „raus", „komm schaukeln", „wo sind die Barbies", „wo ist der Kopf von Barbie". Sie drohte vor überschüssiger Energie zu zerspringen, worauf ich, das arme Kindermädchen, die Stücke ihres zerfetzten Körpers in einen Korb sammeln und sie der Wissenschaft übergeben müsste. Ich war davon ausgegangen, dass Ritalin in einem so kleinen Organismus einen fast komatösen Zustand bewirkt und dass die mit einem komatösen Kind verbrachte halbe Arbeitszeit meine Geduld nicht strapazieren würde. Das Weltall lachte mich aus: Wenn mein früherer Schützling Enej ein Schiffchen war, das vom aufgewühlten Meer hin und her geworfen wurde, so war Hana ein hölzernes Floß, das dasselbe Meer schon beim ersten Windstoß an den Felsklippen zerschellen ließ. Wenn sie von Zimmer zu Zimmer furzte und schrie und sabberte, blieb sie mit der Kleidung an den Türklinken hängen. Wenn sie mit dem Ellbogen oder dem Knie – sie konnte mit ihren wenigen Kilogramm hoch in die Luft springen – einen Gegenstand aus der wertvollen Sammlung ihrer sozial und politisch angepassten Familie umstieß, schämte sie sich nicht oder fing nicht an zu weinen, wie man es von einem vorbildlich sozialisierten Kind erwarten würde, sondern lachte dröhnend, geradeso wie eine erwachsene schamlose Person. Wenn sie sich als explosiver Körper verhielt, wenn sie ihre Tabletten genommen hatte, musste man sich fragen, wie sie war, wenn sie sozusagen nüchtern war.

Mit Erziehungsmethoden bei Kindern, auf die ich aufpasse, experimentiere ich gewöhnlich nicht schon in der ersten Woche herum, aber zu meiner großen Verwunderung hatte ich schon am ersten Tag meines Dienstes bei den Furjans alle vorgesehenen Zähmungsstrategien ausgeschöpft, außer Schläge, wogegen sich zu ihrem eigenen Schaden alle modernen Eltern aussprechen. Mein Plan war, dass Hana nach einem üppigen, mit veganem Eis abgeschlossenen Mittagessen – nach Überzeugung der Mutter hätte Milch zusätzlich aufputschend auf Hana gewirkt, was nach Sinn und Wirkung eine jener disproportionalen Erziehungsmaßnahmen war, denen man nur in reichen Familien begegnet – müde werden würde. Meine Umsicht war vergebens. Unterstützt von Fett und Kohlehydraten, schoss sie zwischen den Wänden umher und hielt erst inne, als ich von den Bücherregalen einen Haufen prächtiger Bilderbücher auf den Boden gestapelt hatte und ihr die Aufgabe stellte, in ihnen ihr Lieblingstier zu suchen.

„Ein Krokodil!"

Ich befürchtete, dass ein Krokodil entweder in keinem der Bücher zu finden sein würde, weshalb das Kind, davon war ich überzeugt, am Ende des Suchens in traumatisches Geschrei ausbrechen würde, oder gleich in jedem der Bilderbücher, weshalb ich verrückt werden würde. Ein erwachsener Mensch kann auf kindliche Witze und Begeisterungsäußerungen nur bis zu einem bestimmten Punkt reagieren, der Grenze seines guten Geschmacks.

Zu meinem Glück hörte ich vom Krokodil nur fünf Mal, womit ich mir annähernd dreißig Minuten Pause für weitere strategische Überlegungen erkämpft hatte. Es folgten die Spiele „Bank", bei dem ich eine lästige Kundin war und das Kind die freundliche Bankangestellte, und „Frisiersalon", wo sich die Rollenverteilung wiederholte. Ich stellte fest, dass sich in die Hände eines hyperaktiven Mädchens zu begeben im kosmetischen Sinne nicht befriedigend ausgehen konnte. Die beiden Spiele, die gewöhnliche Kinder einen ganzen Nachmittag beschäftigen, dauerten in Hanas Regie annähernd eine Stunde, wenn ich die Zeit abziehe, die ich mit dem Herausklauben des Kammes verbrachte. Wäre Hana der klassische Fall eines permissiv erzogenen Kindes gewesen, nur mäßig gewalttätig und nur mäßig dickköpfig, hätte ich sie mit meiner stahlkalten Stimme zwingen können, mir bei der Vorbereitung des Abendessens für die Eltern zu helfen. Weil sie das aber nicht war, konnte ich sie nur überreden, sich warm anzuziehen und mit mir das Haus zu verlassen. Ich rechnete damit, dass das Laufen durch den frisch gefallenen Schnee und die scharfe Luft sie beruhigen würde. So könnte ich als Epilog den das Allerschlimmste befürchtenden Eltern den Anblick eines Kindermädchens mit einem wohlerzogenen Kind bieten, dem es auf der Couch Märchen vorliest. Solch unerwartete Idylle verkauft sich besonders gut bei erstklassigen Eltern zweitklassiger Kinder, die nicht allzu klug, schön und einfallsreich sind.

Trotz der guten Absicht war alles, was die Furjans bei ihrer Heimkehr zu sehen kriegten, nur eine vollgesabberte, schmutzige und nasse Tochter, die mein Bein umklammerte und bettelte, Huckepack genommen zu werden.

Zumindest rührte sie sich nicht von der Stelle. Selbsttätig, meine ich. Als sie ihre Mutter erblickte, kroch sie unter meinen Tweed-Rock, lehnte sich an meine Unterschenkel und setzte sich auf meine Füße. Ich fühlte mich, als würde mich ein immundefizienter humaner Virus umklammern, sagte aber: „Einen schönen Nachmittag hatten wir beide, nicht wahr, Hana?“

Die Woche drauf brachte ich Hana statt nach Hause direkt auf den Spielplatz. Mitgenommen hatte ich in mehreren Plastikgefäßen ein Mittagessen beziehungsweise etwas, was, würden wir die Sache synthetisieren, ein Mittagessen sein konnte. In den vergangenen Tagen hatte ich festgestellt, dass man Hana wie einen Vogel füttern oder wie eine Katze ernähren musste und dafür zu sorgen hatte, dass das Essen in winzige Stücke geschnitten war, die sie auch ohne Besteck vom Gefäß zum Mund bringen konnte, ohne dass das Essen in ihren Nasenlöchern landete oder ihr übers Kinn lief. Die Eltern, die sich an jenem Winternachmittag auf dem Spielplatz versammelt hatten, waren von meinem Einfallsreichtum nicht entzückt. Hana warf die Bissen in die Luft und fing sie mit dem Mund auf. Obwohl ich meinem Erziehungsprogramm untreu geworden war und mir damit unter den städtischen Damen einen zweifelhaften Ruhm erwarb, löste der Wolf sein erstes Rätsel und war die kleine Ziege satt.

„Womit willst du anfangen? Mit der Rutsche?“, fragte ich sie, als sie satt war.

Ihr kleiner Rücken kreischte begeistert auf und rannte zum Karussell, vom Karussell zur Rutsche, von der Rutsche zum Klettergerüst und so weiter. Obwohl sie daheim zwischen den vier Wänden, ähnlich in Schwung, die Gegenstände immer umwarf, fand sie sich zwischen den im Prinzip komplexen Geräten auf dem Kinderspielplatz ausgezeichnet zurecht. Ihre Aufgedrehtheit dämmte jegliche Angst vor einer Verletzung ein, sodass sie, auch wenn sie fiel, weich fiel, als würde sie sich in schwabbelige Gelatine legen. Eine ähnliche Affenartigkeit hatte ich schon bei Enej kennengelernt, doch war Hanas Variante weniger zufällig, sie war eleganter und von einer gewissen Gelenkigkeit. Dass ein solches Talent in der Schule und in sonstigen bürgerlichen Institutionen unbeachtet bleibt, wenn es sich doch in einem Zirkus entwickeln könnte, dünkte mich außerordentlich traurig. Damals fühlte ich zum ersten Mal eine Zuneigung zu dem Kind, das mir in Obhut gegeben war, in diesem Augenblick war es für mich fast keine Göre mehr. Und doch – Sentimentalität hat zwischenmenschliche Beziehungen noch nie leichter gemacht. Vor allem nicht im pädagogischen Kontext.

Obwohl es schon winterlich zu dunkeln begann, sammelten sich an den Spielgeräten jetzt auch andere Kinder. In der *rush hour* des Nachmittags hüpften an die fünfzehn Kinder über die Pfützen, was Hana ziemlich nervös machte. Die jungen Damen, ob hyperaktiv oder nicht, warten nicht schön in einer Reihe, die Jungen werden ihnen keine Reverenz erweisen. Kurz bevor es völlig dunkel wurde, löste sie deswegen einen Vorfall aus, in den sich alle auf den Bänken festgefrorenen Eltern einmischten: Sie hatte ein hellblondes Mädchen von der etwa anderthalb Meter hohen Rutsche geschubst und die kriminelle Handlung mit den Worten „hässlich, hässlich, häääässslich" begleitet. Weil ihre dienstägliche Grundintonation, die Spielfreude, im Bruchteil einer Sekunde in Gewalttätigkeit umgeschlagen war und weil mich die Entwicklung des Nachmittags in Sicherheit gewiegt hatte, verstand ich anfangs nicht, warum das Gesicht unter den hellblonden Locken so tief in den Schnee gedrückt war.

„Du freche Göre! Was tust du da! Wie kannst du so etwas tun!", riefen die Mütter und hielten Ausschau nach der verantwortlichen erwachsenen Person, so aufgebracht, dass ich sie mit einem Pfiff übertönen musste. Eine Horde wütender Bärinnen, winterlich dick, umstellte uns und beaufsichtigte, so streng es ging, meine Bestrafungsstrategie. Hana reagierte zu meiner Überraschung auf der Stelle mit Tränen, was im Erbgut einer permissiv erzogenen Person eine Seltenheit ist. Gewöhnlich genießen die Gören ihre Gewalttätigkeit und die Gelegenheit, eine Situation zu versaubeuteln, und entschuldigen sich nur wegen einer versprochenen Belohnung – Möchtest du ein neues Handy? Möchtest du ein neues Kleid? Möchtest du mit zehn allein verreisen? –, nicht wegen des anklopfenden Gewissens.

Hanas Schuldgefühl war also ins Leben getreten. Sie weinte untröstlich; sie weinte genauso intensiv, wie sie ein paar Minuten zuvor verrückt gespielt hatte und gewalttätig gewesen war. Die Tränen waren der Beweis, dass das Innere und das Äußere des Mädchens gleich überdreht waren, dass sie sich nicht nur ausnehmend schnell bewegte, sondern auch ausnehmend schnell empfand und aller Wahrscheinlichkeit nach alle unmöglichen und einander widersprechenden Emotionen gleichzeitig erlebte. Außer dem Weinen gab es an ihrem Körper keine Anzeichen von Bewegung oder Unruhe, der jüngste Vorfall ließ von ihrer psychologischen Befindlichkeit nichts nach außen dringen. Als sie vor mir stand, umringt von Dampfwalzen in Daunenjacken, war ich mehr als mit ihrer mit meiner eigenen Verlegenheit beschäftigt, aus unerfindlichen Gründen war ich nämlich gegen meinen Willen mit Hana nachgiebiger verfahren, als ich mir zu Beginn unserer Beziehung vorgenommen hatte. Sie war nicht das erste Kind, das vor mir weinte, aber anstatt disziplinarische Maßnahmen zu ergreifen, verhielt ich mich nachgiebig, unentschlossen.

„Warum hast du sie von der Rutsche geschubst, Hana?“, begann ich und legte ihr, unerhört, die Hand auf die Schulter. Dem Unerhörten setzte ich noch eins drauf mit dem versöhnlichen Ton, in dem ich sie fragte, zum Schluss fragte ich sie sogar nach ihren inneren, vom Gesichtspunkt der strittigen Handlung aus unwichtigen Gründen. Wenn sich Kinder idiotisch benehmen, werden die Ursachen ihres kindischen Verhaltens nicht untersucht, sondern es werden ihnen Grenzen gesetzt.

„Das Mädchen ist häääässslich zu mir“, schluchzte sie und legte sich wie eine verängstigte alte Dame die Hände auf die Brust. Mit sichtlich blau angelaufenen Fingern griff sie nach dem Mantel, der ihr offensichtlich zu eng geworden war, wie die Scham immer zu eng ist.

„Wie meinst du das – hässlich?“ Wieder diese *Frage.* Dass ich nicht die Einzige war, die sich über mein freundliches therapeutisches Vorgehen wunderte, gaben mir auch die Dampfwalzen in den Daunenjacken zu verstehen – mehrere von ihnen begannen sich plötzlich zu räuspern, deutlich hörte ich auch ihr tiefes Bass-Atmen, typisch für zu dicke Menschen.

„Sie, sie, sieeee“, tropfte es langsam aus ihrem zur Grimasse verzogenen Mund, „sie schlägt mich.“

„Sie schlägt nicht dich, du hast sie geschlagen und weggeschubst, Hana. Du hast kein Recht, solche Sachen zu tun.“ Endlich hatte ich eine klare Feststellung zustande gebracht, Diskussionen bringen Kindermädchen nicht weit.

„Doch, sie schlägt mich“, sie zitterte vor Wut, „sie schlägt mich in der Schule.“

Das war wirklich der erste zusammenhängende Satz, den sie in meiner Gegenwart von sich gab. Unter anderen Bedingungen hätte ich mich über ihre grammatikalischen Fähigkeiten gefreut, doch jetzt meldete sich hinter meinem

Brustbein wieder das Mitgefühl und übertönte meine Sprachbegeisterung. Meine ganze Aufmerksamkeit galt der behaupteten kindlichen Rohheit. Zugleich spürte ich den Zorn in den dicken Körpern unter den Daunenjacken langsam verschwinden und sich in Vergebung verwandeln. Langsam, aber stetig – einige Frauen atmeten noch immer mit geblähten Nüstern.

„Ja, Hana …", ich wusste nicht, wie fortfahren, hinter dem Brustbein flammte das Mitgefühl auf und nahm mir – mir, dem strengen und zuverlässigen Kindermädchen, der Schutzgöttin von Würde und Gemeinschaft – den Atem, „hast du das jemals jemandem erzählt?"

Von dem vorgesehenen Thema des Gesprächs – also, was in der zivilisierten Welt verboten ist zu tun – hatte ich mich fast unwiederbringlich entfernt, ich fühlte, dass das verschmutzte, verzerrte Gesichtchen des hellblonden Mädchens, geborgen zwischen den mächtigen Armen der Mutter, weniger wichtig war als Hanas sichtbarer, glühender Schmerz.

„Nein."

Es kündigte sich eine Äußerung an, die ich verhindern musste, um Hana nicht noch mehr zu exponieren, als für die ohnehin fehlgeschlagene Bestrafungsszene unabdinglich gewesen wäre. Ich zog das mir teure Seidentuch aus der Tasche, das bisher noch nie mit einem Kindergesicht in Berührung gekommen war, und wischte ihr die Tränen und die Nase ab. Ihre Züge waren so weich und ruhig, dass ich mir erlaubte, sie mütterlich zu streicheln. Ich nahm ihre Hand und zog sie durch den Ring der Dampfwalzen. Bevor wir den Schauplatz verließen, streifte ich mit einem Blick das hellblonde Mädchen, das Opfer von Hanas nachmittäglichem Jähzorn, das seit dem Sturz, als sich ihrem Körper ein grotesker Schrei entwunden hatte, nichts gesagt hatte. Ich fragte mich, ob sie schwieg, weil statt ihrer die beleibten Anwältinnen sprachen, oder ob ihre Zunge von jener Katze gefressen worden war, die am liebsten Kinderzungen frisst – das schlechte Gewissen.

Hanas und meine Hand vereinten sich, als wir still davongingen. Die städtischen Trottoirs wurden vom Vollmond erhellt, sodass das Licht der Straßenlaternen auf absurde Weise überflüssig erschien. Hana ging an meiner Seite, sie überholte mich nicht, sie blieb nicht zurück, sie sah weder zurück, noch drehte sie sich um, es schien, als hätte die Hülle ihres Körpers in ihre natürliche Lage gefunden. Als hätte erst die Trauer ihr Konzentrationsvermögen zutage gefördert.

„Hana, du weißt doch, dass du zu anderen Menschen nicht grob sein darfst?"

„Ja, weiß ich", gab sie dumpf zur Antwort, „aber …", ihre Stimme begann zu zittern, „warum sind sie hässlich zu mir, aber ich darf es nicht zu ihnen sein?"

Sie drückte meine Hand noch stärker. Kindliche Fragen, die nicht kindisch sind, höre ich so selten, dass sie mich jedes Mal mehr erschüttern, als es sich für eine erwachsene Person gehören würde. Und doch – richtige Antworten gebe ich nicht, richtige Antworten sind nicht praktisch.

„So sind die Regeln, Hana. Wenn die anderen Kinder grob zu dir sind, verletzen sie die Regeln. Früher oder später wird sich das an ihnen rächen, glaub mir. Jetzt, wo sie klein sind, werden solche Grobheiten nicht ernst genommen. Wenn sie einmal erwachsen sind, wenn du einmal erwachsen bist, werdet ihr sie ernst nehmen müssen, wenn ihr im Leben etwas bewirken wollt."

Was hätte ich ihr denn sagen sollen? Dass man der menschlichen Schlechtigkeit nicht auf den Grund kommt? Dass das Leben nicht darauf Rücksicht nimmt, was für den Einzelnen gut ist und was nicht, sondern dass es seinen ganz unabhängigen Tanz tanzt. Unmöglich. Ich bin Kindermädchen, und meine Aufgabe ist es zu erziehen, nicht zu demütigen.

„Aber so ist es ja nicht nur in der Schule. Überall ist es so."

„Was meinst du damit?"

Sie sog die richtigen Worte geradezu in sich ein, Worte, die sie zum ersten Mal aussprach: „Überall sind sie grob zu mir."

Würde ich nicht die Atmosphäre in Hanas Zuhause kennen, würde ich bei so einem Satz nur mit der Hand abwinken.

Kinder permissiver Eltern manipulieren, und Erwachsene sitzen ihnen gern auf, mehr noch, auf dem Standpunkt, dass ein Kind Opfer des Klimawandels, der Wirtschaftskrise, der repressiven Bildungsinstitutionen, der repressiven Basketballtrainer oder Klavierlehrer ist, verkeilen sie sich mit ihren steifen Hüften so sehr, dass es unmöglich ist, sie wieder in die Wirklichkeit zurückzuholen.

Aber der Kontrast zwischen Hanas Erregtheit und ihrer Ruhe gab mir zu verstehen, dass sie mir etwas zu sagen hatte.

Ihre Ruhe sagte mir, dass sie in diesem Augenblick ganz bei sich war, trotzdem wollte ich nicht blind in ihre Geschichte hineinspringen.

„Aber … deine Eltern haben dich sehr lieb, weißt du. Sie kümmern sich um dich. Sie wollen, dass du es schön hast“, blieb ich hartnäckig. Kindern mit unterschiedlichen Privilegien muss man doch klarmachen, wie ihre Privilegien beschaffen sind.

Mein letzter Gedanke hallte unter dem weißen Mond lange und fast drohend nach. Hana schmiegte sich, obwohl wir gingen, immer enger an mich. Ich bemühte mich, ihr, oder auch mir selbst, kein Bein zu stellen. Sie bitten, ein wenig Abstand zu halten, konnte ich auch nicht, diesmal nicht. Ich hatte Angst, dass meine Bitte sie wieder aufwühlen könnte und sie entweder nach Hause laufen oder wie ein betrunkener alter Mann gegen den Zaun anrennen würde, wie sie ihr masochistisches Spielchen nannte. Kurz bevor wir in die heimische Straße einbogen, spürte ich einen Widerstand. Hana war stehen geblieben.

„Ich will noch nicht nach Haus“, erklärte sie.

„Aber Hana, deine Mama und dein Papa werden bald zu Hause sein. Wahrscheinlich vermissen sie dich schon. Komm, wir machen ihnen einen Kakao oder so.“ Obwohl mich Hanas Gesellschaft nicht mehr belastete, wollte ich mich doch im Warmen ausstrecken, von ihrem Drücken brannten mir die Hände, von den billigen Schuhen die Füße, und meine vierzigjährigen Gesichtsfalten fraßen sich zusammen mit der Kälte unter die Haut.

„Bitte, noch nicht nach Haus. Bleib noch ein bisschen bei mir“, sagte sie und trippelte auf der Stelle, als drängte es sie zu pinkeln. Das war es aber nicht. Es drängte sie nur – weit weg.

# Bananensplit

„Gehen wir auf ein Eis?"

Unter der zu großen Sonnenbrille blitzte Überraschung auf.

„Ja, gute Idee."

Auf den linken Arm konnte sie sich immer noch nicht stützen, deshalb fasste ich sie wie ein Baby unter der Achsel, half ihr auf und hoffte, dass ihre dürren Beine die Standachse fanden. Alten Menschen und auch Babys gelingt das nicht immer, es wäre nicht das erste Mal, dass ihre Knie einknickten und sie auf den Boden plumpste. Als ihre rheumatischen Fußsohlen, halbmondähnlich verkrümmt, die kleinen spitzen Steine berührten, stöhnte sie auf.

„Kannst du dich mal nach den Pantoletten bücken?"

Ich stellte sie vor sie hin, fasste sie um die Mitte und wartete, dass sie die Füße hineinsteckte. Die Prozedur dauerte so lange, dass meine Fantasie schon über die Silhouetten der sich in den Hitzenebeln verlierenden Hügel wanderte und die Häuser der Einheimischen zu untersuchen begann, die weiß gegen die Sonne aufragten. Ich stellte mir die Langsamkeit der Mütter, Väter und Kinder vor, deshalb störte mich ihre Langsamkeit inmitten des retardierten Sommers nicht. Sie erschien sinnvoll, eine Summe der Inselbrisen aus allen Himmelsrichtungen und einem anstrengenden Wechsel von Hitze und Schatten.

Ich hielt sie unterm Arm und fühlte, wie sie sich anstrengte, das Gewicht von einem Fuß auf den anderen zu verlagern, wie sie sich bemühte, trotz ihrer Krankheit aufrecht zu gehen. „Heute will ich eine Dame sein", sagte sie zu mir, während sie den orangen Lidschatten mit dem abgelaufenen Datum auftrug, der sich in den Lidfalten sammelte und über ihre Tunika stäubte. Obwohl ihre Haut im Hochsommer noch immer blass war, glühten ihre mit dieser Farbe eingefassten Augen smaragden. Bevor wir das Zimmer verließen, bat sie mich, das Seidentuch aus ihrer Reisetasche zu nehmen und es ihr über die Schulter zu legen. Ich knüpfte es mit ihrer vergoldeten Brosche fest. Sie zog eine weite weiße Leinenhose und eine weiße Seidenbluse an. Sie sah auf komische Weise feierlich aus. Auf dem Weg zum Strand drehten sich die halbnackten Greise und Greisinnen nach ihr um, und die Kinder lachten über sie. Sie war überzeugt, dass das nichts als Neid war.

„Was für ein Eis möchtest du denn?", fragte ich sie, als vor uns der sozialistische Hotelbau auftauchte. „In der Hotelbar gibt es eine Eisbar", fuhr ich fort, „aber auf ihrer Terrasse ist es um diese Zeit vermutlich zu heiß, gestern hatten sie überhaupt keine Sonnenschirme."

„Ich möchte eines, das mit richtigen gefrorenen Früchten gemacht wird. So eines, das du als Kind so gern gehabt hast. Erinnerst du dich? An jedem Strand kriegte man das damals."

Sie lehnte ihren Kopf für einen Moment an meine Schulter und drückte meinen Arm leicht. Es war ein Pulsschlag der Zärtlichkeit, und sie richtete sich sofort wieder auf. Sie verlor das Gleichgewicht und lehnte sich kichernd an einen Kiefernstamm.

„Ach, ich weiß nicht, ob sie so ein Eis überhaupt noch machen. Ich war schon sehr lange bei keinem Eisstand mehr. Heute bieten sie einem ganz andere Sachen. Eis mit Bier etwa. Oder Eis mit pflanzlicher Sahne."

„Na, siehst du, so eines würde ich gern probieren. Bier, nicht so ein gesundes Eis." Ihr Kichern ging in ein Lächeln über, die Falten um Nase und Lippen verzogen sich tausendfach, sie zerflossen fast.

Wir blieben am Fuß der Treppe stehen, die eifersüchtig von alten Agaven eskortiert wurde und zur Rezeption führte.

„Ich weiß nicht, ob es Sinn macht, dass wir uns auf der Terrasse braten lassen. Kannst du noch einen halben Kilometer laufen? Hinter der Biegung gibt es die beste Eisdiele auf der Insel, und die haben auch eine schattige Terrasse, haben sie mir heute Morgen gesagt."

„Ich kann. So alt und gebrechlich ich bin, so verfressen bin ich auch."

Sie krümmte sich vor Lachen. Ich habe nie verstanden, wie sie dem Schauplatz ihres Leidens, den sie sich häufig selbst wählte, zu dem sie immer wieder zurückkehrte, um ihn zu bestätigen, stets aufs Neue mit einem Scherz begegnete. Lachen. Ironie. Distanz. Sie war nicht wie andere leidende Menschen von den Quellen der Lebensfreude abgeschnitten, aus Blödigkeit und Ohnmacht in ihre Gründe versunken, hartnäckig passiv und teilnahmslos. Sie war auf ganz andere Weise ein leidender Mensch. Hart, denn sie kannte die Gesetze der Freiheit, sie wusste von den Hebeln, die ins Freie führen, aber sie wollte sie nicht gebrauchen. Als Kind hatte ich mir vorgestellt, dass sie die Welt mit Gelächter orchestriert und von ihr verlangt, ab sofort besser und schöner und weniger schmerzhaft zu sein. Als ich erwachsen wurde, blieb von der kindlichen Träumerei nur der Verdacht, dass sie mit ihrem Gelächter vor allem mich vor dem Schmerz schützen wollte.

Ihr Gesicht lief rot an. Ich richtete den Blick auf unsere Füße und konzentrierte mich auf den wunderlichen Rhythmus, mit dem wir vorankamen. Aus ihren orthopädischen Pantoletten, wie aus einer fernen Vergangenheit stammend, ragten der große und der zweite Zeh heraus, deren Form ich geerbt habe. Auf deren rauer Oberfläche war alles ablesbar, die Fabrik, die zahllosen Umrundungen der Regale, das Stehen an den Fließbändern, die lästernden Arbeiter, die trockene Hitze der Fabrikhalle; die Gartenarbeit in unfruchtbarer, trockener Erde; das Hinauflangen auf das hohe Küchenregal, das sie, als wollte sie sich damit selbst bestrafen, nie tiefer befestigte. Ich erlebte mit, wenn sie mir besorgt nachlief, der ich auf dem Dorf hinter jedem Versteck verschwand, alle ihre nicht durchschlafenen Nächte und ihre Mühe, mich nie Mangel spüren zu lassen. Aus diesen orthopädischen Schuhen floss heraus, was sie sechsundvierzig Jahre lang aufgesammelt hatte. Hinter ihnen blieben Fettflecken, Viskoseablagerungen zurück, in denen die strenge Julisonne glänzte.

Unser Spaziergang führte unter den braungrünen Steilwänden des Kliffs entlang, um dessen Kante Alkenvögel flogen, die dort nisteten, und schrien. Mir schien, als würden wir uns in der Wildnis verlieren. Den ohnehin schmalen Weg überwucherten riesige Rhododendren, an denen Mutter, bevor sie die Zweige zur Seite schob, stets schnupperte. Der Weg wurde enger, führte leicht bergan und machte eine scharfe Biegung.

„Da, genau richtig, jetzt bin ich wirklich erschöpft", sagte sie, als wir die angeblich berühmteste Eisdiele der Insel weit unter uns erblickten. Sie lag versteckt in einer schmalen Bucht, fast ein Flussarm, der, so schloss ich, von einem Schiff aus nicht zu sehen war. Auf erdigen Terrassen wuchsen dicht an dicht immergrüne Pflanzen und warfen ihren Schatten auf das Gebäude. Das monotone Vibrieren der Zikaden hallte zwischen den Felsen melancholisch wider.

Zu dem Haus stiegen wir einen bröseligen Hang hinunter. Erst als wir näher kamen, erkannten wir seinen Zustand. Wir blieben gleichzeitig stehen und sahen uns an. Der Verputz der Eisdiele war den zerklüfteten Felsen des Kliffs nachempfunden. Auf der glattgescheuerten Steinterrasse standen fünf Tische mit Stühlen, abgeschliffene kleinere Felsbrocken. Zu beiden Seiten des Eingangs gaben zwei große Fenster den Blick in das Höhleninnere frei, in das ein ganz gewöhnlicher Kühlschrank mit Eis und ein Verkaufspult hineingezwängt worden waren. Über der Eingangstür hing ein Schild mit der verblassten Aufschrift „Zauberbucht". Musik war nicht zu hören, lediglich das Meer ließ seine Melodie erklingen.

„Was für ein ungewöhnlicher Ort“, flüsterte sie mir ins Ohr, als wir die Terrasse betraten.

„Wenn das hier das Beste ist, was die Insel zu bieten hat, mache ich mir ernsthaft Sorgen. Die Ausstattung ist originell, der Name scheußlich“, entgegnete ich spöttisch.

Wir setzten uns an einen Tisch nahe am Haus, in den Windschatten. Trotz der ungewöhnlich versteckten Lage der Eisdiele konnten wir aufs offene Meer und zum scharfen, klaren Horizont hinaussehen, dem es wie immer gelang, den Menschen sich klein fühlen zu lassen. Mutter starrte in die Ferne, ihre Augen verengten sich zu zwei Schlitzen. Ich wartete, dass sie geistreiche Bemerkungen machen, sich über unseren Ausflug und unsere Anstrengung lustig machen würde, aber sie schwieg. Der Wind, der in der Bucht wirbelte, hob die dünnen grauen Haare von ihrer Stirn. Mit den Händen, die aussahen, als wären sie vom Alter völlig unberührt, als gehörten sie zu einem anderen Körper, glitt sie über die Oberschenkel. Das Gleiten wurde heftiger. So hatte sie seit jeher, schon in meiner Kindheit, ihre Müdigkeit zu vertreiben versucht. Ich war überzeugt, dass es sich darum handelte.

Als sich hinter unserem Rücken das tiefe „Guten Tag“ des Kellners vernehmen ließ, wurde sie munter.

Der Mann wandte sich zuerst an Mutter, die einen Bananensplit bestellte. Als er seine Aufmerksamkeit dann mir widmete, setzte sie mit überraschend trauriger Stimme hinzu: „Mit Sahne. Und wenn Sie so kleine Schirme haben, vergessen Sie sie nicht. Es können auch gern mehr sein.“

„Für mich bitte nur zwei Kugeln, Schokolade und Vanille“, schloss ich mich an.

Er bedankte sich leise und ging ebenso geräuschlos davon, wie er gekommen war.

„Mutter, seit wann sammelst du denn Eis-Schirmchen? Heute kriegt man die nur noch schwer, oder?“

Als Antwort schenkte sie mir ein breites, entrücktes Lächeln. Wieder wanderte ihr Blick zum Horizont, als würde sie erwarten, dass sich in der Ferne andere Bilder zeigten. Dass sie etwas Neues zu sehen bekam. Ihre Augenwinkel begannen zu glitzern. Sie kreuzte die Arme über der Brust und begann kaum merklich zu zittern. Hoch über uns kreischten die Alkenvögel wie eine verwöhnte Kinderschar. Über ihren reglosen Mund rann eine Träne.

Gerade als ich sie fragen wollte, warum sie weint, wurden zwei hübsche Eiscreme-Arrangements auf unseren Tisch gestellt. Der Kellner sauste wieder davon und zwei Schirmchen kullerten von der Spitze des Eises kopfüber auf den Tisch.

„Luka“, begann sie und grub mit dem Löffel im Eisbecher vor sich, „war ich dir eine gute Mutter?“

„Was für eine Frage ist das denn jetzt? Was ist los, Mutter?“ Die Alkenvögel kamen jetzt tiefer herunter und flogen über unsere Köpfe.

Die Träne auf ihrem Gesicht war schon zu einer dünnen kupfernen Spur getrocknet. Sie zog das hölzerne Schirmchen aus dem Sahnehäubchen auf dem schmelzenden Bananensplit und drehte es, bevor sie antwortete, mehrere Male zwischen den Fingern.

„Luka, ich mache es nicht mehr lange, du weißt ja.“

Alles außer ihren Augen, in denen eine wunschlose Trauer lag, geriet in Erregung. Die Vögel über uns flatterten. Das

Meer unter uns wogte auf. Der Wind wurde stärker und schärfer. Mein Herz schlug lauter.

„Mama, was redest du denn?“ Ich versuchte aufmunternd zu klingen, obwohl ich mir der Vergeblichkeit meiner Absicht bewusst war. „Trotz deines Rheumas bist du sehr vital! Mama, du wirst nicht einfach so gehen, so still und leise.“ Bei den letzten Worten verspürte ich hinter den Augen einen Druck, ich hielt ihm nur mit Mühe stand.

„Luka …“ Sie stützte ihr Kinn auf die Faust und seufzte. Ihre freie Hand suchte meine erstarrten Hände und verflocht sich mit ihnen. Ihre Finger waren kühl, wie ein Abschied kühl sein kann, wenn sich der Mensch allein verabschiedet.

„Du warst die beste Mutter.“ Ich trat zu ihr und umarmte sie. Ihr Körper war zerbrechlich und gefasst. Sie umgriff mich langsam, wie Tau, der sich auf Blüten sammelt.

Als ich mich wieder setzte, nahm sie das letzte Schirmchen auf, das in einer Eispfütze schwamm. Sie blies es ins Meer. Wir sahen zu, wie es graziös zwischen die Wellen fiel. Wie kann das Unausweichliche schön sein. Es tauchte ein und schwamm einige Augenblicke mit den Wellen. Als es vom Wasser durchtränkt war, zerriss es. Die Stücke versanken in grenzenloser Bläue.

## Wenn das Gewitter vorübergeht

Maša kam früher von der Arbeit zurück als gewöhnlich. Ihre Augen waren geschwollen, die Wangen grau und eingefallen, die Achseln von zwei breiten Schweißringen gezeichnet. Sie schmiss die Aktentasche im Flur in die Ecke und streifte die Schuhe erst in der Küche ab. Sie stützte sich aufs Küchenpult und starrte in den Garten hinaus, auf die durchweichte Erde, in der schon seit Wochen nichts mehr keimte. Mit den Händen fuhr sie nervös über den Rand des Pults, trat in den zerrissenen Nylonstrümpfen hin und her, fuhr sich mit der Zunge über die Lippen und biss sich drauf. Der Wind wehte so stark, dass sich die Lärchen zueinander beugten, durch die Ritzen der schlecht dichtenden Fenster kroch die Kälte. Die Blüten der Forsythien wurden überallhin geweht. Würmer und Schnecken krochen aus den Löchern, Hunde und Katzen flüchteten zu ihren Besitzern, die Menschen, die noch auf den Straßen waren, starrten erschrocken zu den Baumkronen hinauf oder liefen in die Häuser. Die wenigen Vögel flogen tief. Der Klapotetz des Nachbarn spielte verrückt, seine bunten Arme verschwammen im Drehen. Der Himmel war violett. Als wollte er sterben. Als wollte er eine Veränderung gebären.

Als sie sich zum Esszimmer umdrehte, fuhr sie zusammen. Erst jetzt bemerkte sie, dass Gregor am Esstisch saß und das Display nach Bildern durchsuchte. Er hatte sie nicht hereinkommen gehört. Sein Hemd war offen, es breitete sich wie eine Tischdecke über seine Schenkel, darunter der welke Bauch und die Hose, seine Füße bloß. Verhalten begrüßte sie ihn, während er überrascht vom Stuhl aufsprang. Noch bevor er ihren Gruß erwidern konnte, steckte sie schon halb im Kühlschrank, aus dem sie etwas vertrocknetes Grünzeug herausklaubte. Sie legte es auf ein Küchenbrett. Ihre Choreografie – lautes Schälen und Hacken der Zucchini, Paprika, Auberginen – begleitete er ein paar Minuten schweigend.

Der Regen begann sanft an die Scheiben zu klopfen, verstreute abgerissene Blüten leuchteten in den herablaufenden Tropfen gelb.

Als sie sich zur Kredenz bückte und eine Pfanne suchte, fasste er Mut: „Wie war dein Tag?"

„Gut." Ihr Blick flüchtete immer wieder nach draußen, zwischen die unfruchtbaren, aufgeweichten Samen. Sie gab die Frage nicht zurück. Sie kehrte ihm den Rücken zu und schnitt das Gemüse weiter klein.

In der Ferne donnerte es zum ersten Mal. Die Luft im Haus lag schwer auf den Möbeln, auf der Decke, auf den Wänden, an denen seit ihrem Einzug vor zwei Jahren die Bilder, die sie gekauft hatten, immer noch nicht aufgehängt waren. Plötzlich wurde es schwer, Atem zu holen. Sie sahen einander wie durch ein trübes Glas. Ein Donnerschlag verschluckte alles.

„Verdammte Scheiße“, schrie sie, als aus ihrer Rechten das Blut lief. Mit der linken Hand schlug sie auf einen großen Karton, der neben der Küchenkredenz auf dem Stuhl stand. Weil der Karton den Schmerz nicht spürte, schlug sie noch einmal darauf.

Nach dem zweiten Schlag sagte er: „Was ist los?“

„Was?“ Sie klang, als hätte sie seine Anwesenheit erneut vergessen.

Das Messer, mit dem sie sich geschnitten hatte, hatte sie auf Höhe der Hüfte gesenkt, und sie streckte die blutende Hand vor. „Du siehst doch, du könntest die Mikrowelle montieren“, sie presste die Worte durch die Zähne, „sie staubt ein, sie nimmt mir den Platz weg, und es war nur eine Frage der Zeit, bis etwas passieren würde.“ Sie nahm die Hand zwischen die Lippen und saugte.

„Ich werde sie morgen montieren. Dann ist Wochenende und ich habe dafür schon in der Früh Zeit.“

„Und was wäre, wenn du sie schon heute montieren würdest? Du hast doch Zeit.“ Sie zeigte auf das Tablet, mit dem er im Internet surfte.

Es donnerte wieder. Der Schlag hallte im Tal bedrohlich wider. Zuerst jaulte der kleinste Hund auf, dann folgten ihm ganze Seilschaften von Dobermännern, Bernhardinern und Mischlingen. Durch den Garten tobte ein Eichhörnchenpaar und versteckte sich in einer Baumhöhle. Das Grün der Bäume sah giftig aus.

„Ich mache es morgen, jetzt bin ich müde“, entgegnete er, schloss das Tablet und stand auf. Er ging Richtung Wohnzimmer und knöpfte sich unterwegs das Hemd zu.

Das Gewitter kam näher, durchs Fenster sah er, wie es über dem Bergsattel den Himmel aufblitzen ließ. Für einen Moment konnte er die Umrisse der umliegenden Berge sehen, glatte Gipfel, die zu gezähnten zerfielen. In einer Geröllhalde hatte sich vermutlich eine Steinlawine gelöst und Latschenkiefern, Bänke, Wege, Rehe unter sich begraben. Die Tiere auf dem Bergsattel und darunter wurden von Panik erfasst, eine bedeutungslose, vernachlässigbare Panik. Die hörte und sah niemand.

Maša legte das Messer weg und folgte Gregor. Währenddessen saugte sie weiter an ihrer Hand, ihre Lippen wurden scharlachrot.

„Mach das bitte heute. Der Karton geht mir auf die Nerven, er stört."

Er setzte sich in einen Sessel und legte das Tablet auf den Tisch. Mit den Fingern fuhr er über den Bildschirm und wiederholte abwesend: „Ich mache es morgen, habe ich gesagt."

Sie ging um die Couch herum und sah ihm ins Gesicht. Der Regen klopfte gegen die Scheiben wie ein Mensch, der ins Sichere will.

„Immer nur morgen, oder wie?" Bevor sie fortfuhr, steckte sie die geschwollene, vom Saugen faltige Hand in die Rocktasche. „Manchmal glaube ich, das ist dein Lieblingswort." Sie setzte sich ihm gegenüber und suchte seinen sich entziehenden Blick. „Und was wäre, wenn du die Mikrowelle heute montieren würdest? Genau in diesem Moment kannst du dein Tablet zuklappen, dich umziehen und in knapp dreißig Minuten hast du die verdammte Küchenkredenz wieder in Ordnung gebracht."

Er presste die Armlehnen so stark, dass ihm der Schmerz bis in die Schultern fuhr. Er biss die Zähne zusammen, auf der Zunge war plötzlich ein metallischer Geschmack.

„Anstatt mir in den Ohren zu liegen, sollten wir besser zum Arzt gehen, du brauchst einen Verband."

Der Regen wurde so laut, dass er seine Worte verschluckte, von ihnen blieb nur ein komisches schwaches Geräusch. Sie horchten beide auf das Trommeln und Kratzen, besorgt, dass das Wasser das Haus unterspülen, die Siedlung auslöschen, dass der Wind die Bäume entwurzeln, dass das Unwetter die Fundamente zerstören und sie beide davontragen könnte. Der Lärm steigerte sich zum Hämmern, Regentropfen so groß wie Eicheln trommelten in zerstörerischen Stößen auf das Dach. Sie sahen an die Decke, um zu sehen, was ihnen drohte, was sie erwartete, als ob sie das Dach, sollte es zusammenbrechen, im Schoß auffangen könnten.

Nichts passierte, das Dach hielt. Der Lärm schwoll allmählich an bis zur Stille. Sie hatten sich an ihn gewöhnt. Wenn das Wasser sie bisher nicht weggespült hatte, würde es sie auch jetzt nicht mehr wegspülen.

„Ich gehe nicht zum Arzt, wechsle nicht das Thema." Mit der verletzten Hand fuhr sie sich automatisch durchs Haar. Das Brennen stachelte sie an: „Du hast keine Lust, den Herd zu montieren, nicht wahr?"

Draußen prasselte jetzt der Hagel, er färbte die Wiese hinterm Haus weiß, schlug Blätter ab, frühe Blüten, Früchte und Baumrinde. Hagel: nur ein Detail des Wetters, das aber große Kraft hat.

„Hör auf, Maša, lass mich in Ruhe."

„Ich soll dich in Ruhe lassen?“

Die Antwort gab ein Blitz, der in den Blitzableiter des Nachbarhauses einschlug. Ein Kurzschluss zwischen Erde und Himmel. So etwas hatten sie noch nie gesehen, sie hielten inne. Sie staunten über das versengte Gewebe aus Wolken und Nebeln. Vor ihren Augen hatte sich, ohne sie zu lähmen, eine unermessliche Menge Energie den Weg gebahnt.

„Ja, meine verdammte Ruhe möchte ich“, schrie er, „ich bin nicht daran schuld, dass du schlecht gelaunt nach Haus gekommen bist.“ Er drohte mit den Fingern ins Leere und klopfte den Takt mit dem Bein, das eigentlich wild werden wollte. Maša trat hinter seinen Sessel, beugte sich zu seinem Ohr hinunter und drückte das Kinn fast auf seine Schulter. Lange flüsterte sie in sein Ohr, öffnete den Mund dabei weit und presste jedes einzelne Wort haarscharf heraus. Sie war noch am Flüstern, als es ihn aus dem Sessel hob. Er stieß sie mit der Schulter zurück, dass sie bis an die Bücherregale taumelte.

„Ich hab dir gesagt, lass mich in Ruhe!“ Er ging auf sie los und drückte sie gegen den Türstock. Sie prallte dagegen und stürzte zu Boden. Sie landete auf den Unterarmen und versuchte aufzustehen.

„Du bist verrückt“, wiederholte sie schluchzend und kroch über den Boden. Die Hängelampen im Wohnzimmer begannen zu flackern und unter dem Prasseln des Regens kaum merklich zu schwingen. Gregor schrie, aber das Heulen des Windes trug seine Worte augenblicklich ins Chaos davon. Nur das Wetter wusste, dass es nichts zu sagen gab.

Der Schmerz in den Ellbogen und im Rücken war unerträglich, es gelang ihr nicht, sich aufzuraffen. Die Blitze verwischten die Gegenstände im Haus, über die Welt außerhalb des Hauses hatte sich ein grauer Schleier gelegt. Es war, als wollte er nie mehr nachlassen, als würde sie nie mehr aufstehen. Gregor näherte sich Maša, es sah so aus, als wollte er ihr aufhelfen. Er stand schon über ihr, als sich über ihrem Haus ein betäubender Donnerschlag löste. Der Strom blieb weg. Im Bauch spürte sie einen dumpfen Stoß, die Form und die Kompaktheit von Gregors Fuß. Sie krümmte sich zu einem Knäuel zusammen und blieb liegen.

Gegen Abend wurde der Regen schwächer, es nieselte nur noch gegen die Scheiben; eine liebliche, kaum hörbare Partitur der Natur. Auf die Dinge im Haus und ins Leben im Garten kehrten die Farben zurück. Es duftete nach aufgewühlter Erde und Forsythie. Die Katzen spazierten zwischen den Büschen umher und rochen am zerstreuten Laub, die Hunde sahen aus ihren Hütten. Die Vögel zwitscherten erleichtert. Etliche machten sich paarweise auf in den Wald, wo Tausende, auf Blättern oder zerrissenen Spinnweben gefangene Tropfen und umgestürzte Bäume auf sie warteten, auf die der Wind die Samen geweht hatte. Die Luft schimmerte silbrig, bevor die Baumlöcher, Wipfel und Zäune vom Dunkel bedeckt wurden. Alles war vollkommen rein.

Gregor saß wieder in seinem Sessel, er starrte vor sich hin und schluckte unablässig den Speichel hinunter, sodass es ihn schon in der Kehle kratzte. Maša lag auf der Couch und hatte die Augen geschlossen. Ihre Hände lagen willenlos auf ihrem Bauch, genau dort, wo es sie von dem Stoß brannte. Das war kein Schlaf. Das Gewitter hatte ein Schweigen geboren, das Raum und Zeit dehnte. Sitzend und liegend harrten sie aus bis zur Nacht, als der Regen ganz aufhörte. Sie waren wie zwei Saiten, die schon alle Schwingungen von sich gegeben haben.

Als der Dobermann zu bellen anfing, beschloss Maša, sich aufzusetzen. Das Bellen hallte metallisch in ihrem Kopf wider. Sie bewegte sich langsam und stockend. Als es ihr gelang, sich abzustützen, sahen sie und Gregor, ohne es zu wollen, einander an. Der Dobermann, ein sensibler, kluger Hund, verstummte sofort. Der Pegel in ihren Augen stieg, fast bis zum Überlaufen, aber sie drehten sich fast gleichzeitig weg. Sie sahen, wie das Licht aus dem Nachbarhaus die Birkenpflanzung am Waldrand erhellte.

Ihrem Mund entfuhr ein unkontrollierter Laut, ein kleines a, dem eine Reihe pfeifender Atemzüge, ein und aus, folgte, den Lauten von Jungvögeln ähnelnd. Ihr Profil hing irgendwie fiebernd im Zimmer. Er glaubte das Gewitter zu hören, das inzwischen schon über die Alpen geklettert war und auf andere Menschen einschlug.

Sie humpelte Richtung Küche. Sie schaltete den Herd ein. Als er den dumpfen Ton der Pfanne auf der Herdplatte hörte, stand er auf und stopfte sich das Hemd in die Hose.

„Gregor, das Öl ist alle, ich kann uns überhaupt nichts kochen“, rief sie. Schleppend ging er durch den schmalen Durchlass zwischen Wohnzimmer und Küche und blieb unmittelbar an der Ecke stehen. Er sah zu Boden.

„Und was willst du jetzt?“, fragte er. Die Lämpchen in der Abzugshaube flackerten ein letztes Mal.

„Meinst du, dass irgendwo noch ein Laden offen hat?“

„Nur die Tankstellen haben noch offen. Vielleicht haben sie Öl“, entgegnete er und trat in die Mitte des Korkfußbodens.

„Gehst du mal rasch nachsehen? Wahrscheinlich sind wir beide hungrig.“

„Ja, natürlich, ich gehe.“ Er durchquerte die Küche, und als er an sie anstreifte, spürte er, wie sie erzitterte. Er bemühte sich, die Tür unhörbar zu schließen.

Er lief hinaus in den Hof. Der Himmel war schaurig klar, er zeigte alle Sternbilder. Als er sich zu den hellen Birken umsah, presste es ihn in der Brust. Ihre schwarzen und weißen Flecken waren wie die Augen von Tausenden Tieren. Rücklings bewegte er sich auf das Auto zu, setzte sich hinein und fuhr mit quietschenden Reifen los. Aber Tiere sind nicht wie Gewitter, die vorübergehen und nach denen man aufatmen kann. Tieren entgeht nichts, Tiere verstehen zu warten.

# Ana

Als kleines Mädchen war meine Schwester immer stärker und schneller gewesen als ich. Während ich abends im Sessel las, den uns schon als Kindern, in der Hoffnung, dass eine von uns beiden einen wacheren Geist entwickeln werde, Großvater geschenkt hatte, stromerte sie herum. Bei den Nachbarn, in den Tobeln, unter den Heuharfen, in den Ruinen der alten Fabrik. Ich beneidete sie darum, dass sie nie wirklich müde wurde, ich beneidete sie darum, dass ihre Haut, wenn sie von den Streifzügen zurückkehrte, rosig glänzte. Wenn sie sich vorm Schlafengehen vor mir auf dem Bett hockend die langen, schweren braunen Haare kämmte, wünschte ich mir in einer besonders schweren Nacht, dass sie ihr alle ausfallen sollten. Ich hoffte, dass sie so wie ich aufwachen würde, mit empfindlicher Kopfhaut, mit Schuppen, mit problematischer Haut, die sich bei jeder Anstrengung in ein hässliches Rot mit talgweißen Flecken verfärbte. Ich beneidete sie darum, dass unser Vater sie jedes Mal, wenn sie ihm in die Arme sprang, mit Schwung hochhob und sich mit ihr in den Armen bis zum Schwindligwerden im Kreis drehte. Eines Nachmittags, als wir vom Einkaufen kamen, sprang sie ihm auf den Rücken, und er, obwohl unvorbereitet, hielt sie fest und drehte sich mit ihr so lange, bis er das Gleichgewicht verlor. Er fiel rücklings auf den Heizkörper, auf sie drauf, und sie schlug mit dem Kopf an den scharfen Rand, gerade so viel, dass der Sturz keine fatalen Folgen hatte, aber überaus schmerzhaft war. Über die Narbe wuchsen die Haare, über die Erinnerung an die Gefahr das Lachen.

Ihr Lachen. Vital, sprühend. Eines, das nicht verdrängt, sondern heilt. Ein Lachen, zu dem auch ich eingeladen war, bei dem ich mich aber immer aufs Neue entschloss, außerhalb zu bleiben.

Auch die Brüste fingen bei ihr als Erster an zu wachsen. Sie trug sie mit Stolz, so wie sie zuvor die Halskettchen getragen hatte, die unser Vater von seinen Reisen mitbrachte. Während mit meinem Brustkorb nichts passierte, abgesehen von den fettigen, kleinen und komischen Knöpfen, in die ich gern den Daumen steckte, um zu prüfen, ob sie wieder herausspringen würden, kaufte Mama ihr schon den ersten BH. „75B", erklärte sie stolz. Wegen der Brüste, auf denen das verspielte Haar ruhte, wegen der schlanken Gestalt, die schon weibliche Hüften andeutete, und wegen ihrer geistreichen Einfälle, gewürzt mit erwachendem sexuellem Verlangen und mit Koketterie, war sie bei den Jungs beliebt. In dieser Zeit dachte ich mir von ihr überaus schlimme Dinge, allerdings konnte sich meine Wut auf nichts stützen. Ihre Handlungen, ihre Antworten, ihr Aufforderungen, ihre Scherze – alles das war gesteuert und durchschnittlich, teenagerhaft blöd. Nur hier und da funkelte in ihrem Verhalten ein Indiz des Erwachsenseins auf. Als sie mich, die mit Salmonellen

Infizierte, zum Arzt begleitete und auch danach noch an meiner Seite blieb, als sich unsere Eltern schon schlafen gelegt hatten. Als sie sich der Slowenisch-Lehrerin widersetzte, die ein Kind von Eingewanderten vor der versammelten Klasse als Frühgeburt beschimpfte, weil es sich vor Angst in der Schule nie den Mund aufzumachen traute. Als sie feststellte, dass ihr Hochmut verletzen konnte, tröstete sie mich mit Küssen und Umarmungen.

Meine Wut konnte sich nur auf ihre Schönheit stützen. Ich bemühte mich, andere Gründe für sie zu finden, ich redete mir ein, größer zu sein, als ich war, größer als alle windigen Beweggründe. Aber derartige Bemühungen waren immer vergeblich. Schönheit hat keine eigene Kraft, jedes Mal verletzt sie mit fremder, jedes Mal gibt sie zurück, was sie empfängt. Wenn sie Feindschaft empfängt, gibt sie Verletzung zurück. Wenn sie Liebe empfängt, gibt sie die Illusion von Ewigkeit zurück.

In den letzten Augusttagen vor dem Eintritt ins Gymnasium überholte mich ihr Körper noch einmal. Während wir in den Geschäften nach Kleidern stöberten, mit denen wir die erste Schulwoche im Gymnasium krönen wollten, bekam sie die erste Menstruation. Sie berichtete, dass sie ohne Brennen oder krampfartige Ankündigungen gekommen sei, erst als zwischen ihren Schenkeln die erste Einlage raschelte, begann sie sich wie in Trance zu fühlen. Sie verlangte ein Eis. Während sie auf die bunten Behälter starrte, belehrte Mama sie: „Von nun an wird alles anders. Von nun an wirst du ernsthaft und verantwortungsvoll. Hoffe ich.“ Wieder nahm ich es ihr übel, ihr Durchbruch zu einer neuen Stufe flößte mir das unheilvolle Gefühl ein, das Leben werde mich nie vom Schrankboden hochziehen, ich werde dort für immer traurig verlegt und vergessen sein.

Das war der letzte Triumph ihres Körpers.

Oft frage ich mich, ob sie, wäre sie nicht so schön gewesen, gegen Ende des ersten Jahres im Gymnasium überhaupt bemerkt hätte, dass sich ihr Gesicht ins Unglück verkehrt hatte.

Ich beobachtete sie genau, wie ein wertvolles, seltenes Insekt unter dem Vergrößerungsglas. Das Flirren der Flügel, das Tasten der Fühler, die flüchtige Bewegung, die leise, kratzige Stimme, auf all das reagierte ich. Ich nahm Details wahr. Ich beobachtete, wie der majestätische Bogen ihrer Brauen flacher wurde. Im Laufe mehrerer Monate war die Haut um die Augenhöhlen grau geworden, als würden ihre samtgrünen Augen in Spinnweben ruhen. Ihre Haare glänzten fettig, nicht mehr mit Feenglanz. Sie fielen ihr aus, so wie bei Tieren das Winterfell ausfällt, in Büscheln, die ich an den ungewöhnlichsten Stellen fand. Am Rand der Kühltruhe, zwischen den Seiten einer Modezeitschrift, im Abwaschbecken in der Küche. Die Muskeln an ihren Armen trug ein unbekannter Wind davon, sie fielen ihr vom Skelett, von den Oberarmen, von den Schultern. Ihre Hände wurden ganz komisch lang, die Gelenke traten hervor. Eines Abends sah ich sie für einen Moment, unmittelbar bevor sie sich in Panik ins Handtuch hüllte, nackt: Über den noch immer runden Brüsten zeichneten sich grob die Rippen ab. Als würden die Brüste aus Gittern hängen, aus einem Käfig herausragen. Ihr Körper sah durstig aus. Trocken. Noch immer sehe ich die scharfen Kanten ihres Beckens vor mir, in das die transparente Haut verzagt eingesunken ist.

Diese Veränderungen erlebte ich als harmlosen Zerfallsprozess und freute mich darüber. Allerdings waren das nur Details, kleine Verschlechterungen, Staubflocken der Hässlichkeit. Ich hoffte, dass nun mein Augenblick kommen werde. Der Augenblick für die Schwester, die als Erste weinend auf die Welt gekommen war und deshalb weniger abbekommen hatte. Das erste Kind, ein selbstverständliches Kind.

Sie fing an sich zu verbergen. Auch vor mir. Sie wusste, dass mein allerintimstes Interesse der Konsistenz ihres Körpers galt, deshalb fauchte sie mich oft an, dass ich verrückt sei. „Und wenn du es nicht bist, dann wirst du es“, schrie sie und knallte die Badezimmertür zu. Ich erinnere mich, dass ich sie in jenem Frühling zum ersten Mal mit lauter Stimme jemanden anschreien hörte, unseren Vater, der als Erster Besorgnis äußerte. Seine liebe Tochter war nicht mehr seine Verbündete. Wenn er sie umarmte oder ihr seine feste Hand auf die Schulter legte, erstarrte sie. Über ihr Gesicht flog ein Schauer, ihr Brustbein spannte sich gegen die Decke, als wollte das Herz darunter hervorschießen. Von der Schule erzählte sie ihm nichts. Von ihren Freundinnen erzählte sie ihm nichts. Eines Abends vertrat er ihr, der in den dicken Bademantel Gehüllten, auf dem Flur den Weg. Ich hörte ihn fragen: „Hast du dich ein wenig entspannt?“ Danach wälzte sie sich die ganze Nacht schluchzend im Bett hin und her. Ich tröstete sie nicht, ich verstand nicht, was die personifizierte Vollkommenheit wohl zu beweinen hätte.

Die Farbe ihrer Stimme wurde dunkel, kaffeebitter. Sie trug weite Kleidung. Die spitzenbesetzten BHs und Höschen ließ sie in der Lade, sie überredete Mutter, ihr ein Paket billige Baumwollhöschen zu kaufen. Im Geschäft stritten sie sich, weil sie solche wollte, die eine Nummer größer waren, damit sie die Falte bedeckten, wo sich Oberschenkel und Pobacken berühren. Mama gab nicht nach, sie behauptete, die schrullige Phase werde vorübergehen und es werde ihr schließlich leidtun, mit einem Dutzend Unterhosen in der Größe einer Zeltplane dazusitzen. Um einem neuen Konflikt aus dem Weg zu gehen, ging sie von zu Hause immer so weg, wie unsere Mutter es sich wünschte, um sich anschließend auf dem Schulklo umzuziehen, den Knoten zu lösen und sich die Haare so um das Gesicht zu schütteln, dass sie es fast vollständig bedeckten.

Die schrullige Phase ging nicht vorüber, sondern fältelte sich mit den Jahren noch auf. Unsere Mutter wusste pubertären Eigensinn und Eitelkeit damals noch nicht von wütendem Drohen zu unterscheiden. Vom Feststampfen des einmal eingeschlagenen Weges.

Sie fing an zu rauchen. Mit sechzehn rauchte sie eine Schachtel der stärksten Zigaretten täglich. Wenn ich ihr auf dem Schulhof begegnete, machte ich einen Bogen um sie, denn ihr nervöses Saugen am Mundstück der Zigarette, das unsere Mitschüler halb im Scherz, halb im Ernst mit ihr zu verbinden begannen, ekelte mich an. Unter schrillem Klang trat sie als Schwester an, die ihrer Schönheit abgeschworen hat. Ihr hartnäckiger Verzicht, die Unterwerfung unter ein unverständliches Ziel, löste in mir die schrecklichste schadenfrohe Wut aus, eine finstere Störung, in der sie alles, was sie tat, deshalb tat, um sich über mich lustig zu machen, um sich an meinem Manko zu weiden. Wer hat, kann verzichten, wer einen Verlust erleidet, stopft das Loch mit keinem noch so dehnbaren Flicken. Was immer er nimmt, ist entweder zu klein oder zu groß.

Noch immer sehe ich, wie sie sich, vom Nikotin aufgeputscht, dünn wie ein Stängel, an das Metallgerüst des Fahrradständers der Schule lehnt: Sie tritt die Zigarette aus, kramt aus der Tasche eine Plastikflasche Wasser heraus und trinkt sie ganz leer, dann kehrt sie sich lichtscheu gebückt vom Publikum ab, greift in die Tasche und hält die Faust wieder vors Gesicht. Vielleicht steckt sie etwas in den Mund, vielleicht schluckt sie etwas. Das geheimnisvolle Ritual – mein wütendster Tobsuchtsanfall.

Sie lief nicht mehr. Dass sie nicht mehr am Training teilnahm, erfuhr Mama vom Trainer des Klubs. Zu Hause spie sie Funken vor Revolte: „Ich will, dass ihr mich in Ruhe lasst! Ich gehe da nie mehr hin!“ Zum Zeichen der Eigenmächtigkeit zündete sie sich vor unserer Mutter eine Zigarette an und blies ihr den Rauch ins Gesicht. Mama erstarrte. Ihr Blick irrte umher, wie ein in Panik geratener Vogel schnappte sie nach Luft und atmete flach. Als ihre Tochter ihr zum zweiten Mal den Rauch ins Gesicht blies, versetzte sie ihr eine Ohrfeige. Das Gesicht des Mädchens zeigte eine blutige und striemige Delle, den Abdruck des Eherings. Diese Narbe blieb. Um einen Bruchteil hatte sie sie hässlicher gemacht.

Meine Schwester zog sich zurück, und Mutter und Vater kamen mir näher. Mutter wiederholte andauernd, dass sie seit jeher gewusst habe, dass ich zu einem vernünftigen Menschen heranwachsen werde. Nach meiner Schwester fragte sie nicht, vermutlich spürte sie, wie kompliziert die Bindung zwischen uns war. Vermutlich zerrte es an ihrem Gewissen, weil sie sich ihrer Scheinheiligkeit bewusst war, weil sie sich des verpassten Verhältnisses zu ihrer schrulligen und hässlichen Tochter bewusst war, weil sie sich bewusst war, dass sie, die Mutter, ihren Töchtern die Liebe so zugemessen hatte, dass sie der schöneren Tochter mehr zugestand. Unser Vater trottete hinter mir her wie ein beleidigter Hund. Von mir erwartete er jene Wärme, die er von meiner Schwester empfangen hatte, und jene Lockerheit, mit der sie verzaubert hatte. Die ganze Zeit bisher hatte ich mich nach dem Kontakt gesehnt, und als es zwischen uns zu dieser Bindung kam, kam sie unter pervertierten Voraussetzungen zustande. Noch immer war ich nur Ersatz, und sie war noch immer diejenige, die sie sich am meisten wünschten. Ich hüllte mich in Hass. Ich träumte davon, dass sie nie geboren worden wäre, dass sich die ganze Schönheit, die ihr zugeflossen war, in mir ausgebreitet hätte, der Einziggeborenen, dass sich der ganze Liebreiz und die ganze Gnade der angenommenen, geliebten Tochter auf mich gelegt hätten. Mein Hass brannte ausdauernd und gefährlich.

Gewendet wurde er erst durch einen Zufall.

Es war der letzte Dienstag vor den Sommerferien, ich war dabei, die dritte Klasse des Gymnasiums abzuschließen. Nach dem Nachmittagsunterricht wollte ich in die Garderobe der Turnhalle, wo ich meine Turnsachen vergessen hatte. Die Korridore waren leer, aus den Klassenzimmern konnte man hier und da dünnes Geschnatter hören. Zur Garderobe führte eine kühle und feuchte Halbtreppe hinunter, auf der jeder Atemzug widerhallte. Als ich hinunterging, wurden alle anderen möglichen Geräusche von den verstärkten Schallwellen meiner schweren Schritte übertönt. Als diese verklungen waren, hörte ich einen männlichen Bass, in dem ich den des Lehrers erkannte. Ich ging auf sein Kabinett zu, um ihm den Grund meines Kommens zu erklären. Seine autoritative Stimme kristallisierte sich allmählich zu Wörtern und Sätzen, die ich, konzentriert auf mein Vorhaben, allerdings nicht wirklich wahrnahm. Mich traf erst sein grobes „verstehst du", begleitet von dem Anblick, dass die schaufelartige Pranke des Lehrers die schmale Schulter meiner bleichen Schwester gepackt hatte, die in der Mitte vor Hunger und Wut ganz zusammengekrümmt war. Sie piepste ergeben ein müdes „ja" und drehte sich zu mir um. Ihre Augen blickten starr wie die Augen eines toten Viehs. Darin gefrorenes präletales Grauen. Ich weiß nicht, ob sie mich erkannt hatte, es schien, als wäre ihre ganze Lebenskraft in das eine Wort geflossen, das sie herausgebracht hatte, und als wäre von ihr nur noch eine zerbrechliche, hässliche, alt gewordene Hülle übrig. Der Lehrer sprach mich an, während mein verwirrter und nervöser Blick weiterhin auf meine Schwester gerichtet war. Als sie an mir vorüberhuschte, gelang mir ein stockendes „Ana, was geht hier vor?". Rücklings zog ich mich aus dem Kabinett zurück, ohne wirklich zu hören, was der Riese zu mir sagte. In Panik, der ich keinen Sinn zu geben vermochte, die mich aber gänzlich gepackt hielt, rannte ich nach oben. Ana fand ich nirgends mehr.

Vor dem Schlafen fragte ich sie noch einmal, was passiert sei. Gegen die Wand gedreht murmelte sie: „Lass mich, das geht dich nichts an.“

Alles, was ich mir gewünscht hatte, war eingetreten. Die Schönheit und Fröhlichkeit meiner Schwester waren erstarrt. Die Menschen begannen sich mir zuzuwenden, als hätten sie mich gerade entdeckt. Ein neuer Kontinent, ein schwieriges, noch unerforschtes, verheißungsvolles Terrain. Vor mir tat sich, als meine Schwester sich ins Dunkel hüllte, eine ganze Landschaft neuer Glücksversprechen auf. Mit jeder Schicht, die aus dem Körper meiner Schwester verdunstete, gewann ich Stärke und Macht. Aber in dieser Nacht brannte es mich im Brustkorb. In dieser Nacht kam das Magma meiner Wut unerwartet zum Stillstand, obwohl ich noch nicht alles ausgerissen und das Magma noch nicht alles in Brand gesetzt hatte. Vielleicht hat meine Schwester gelitten, dachte ich. Vielleicht hat sich ihr damals schon poröser Körper gar nicht an mir rächen wollen. In dieser Nacht hörte ich ihren Atem und versuchte mich durch ihn in ihre Gedanken, ihre Erinnerungen, Erfahrungen und Gefühle zu versetzen. Zu nichts konnte ich durchdringen, ich kannte meine Schwester nicht, vor Neid und verhohlener Schadenfreude hatte ich sie nie als Mensch gesehen. Kein Mitgefühl hatte die Distanz zwischen uns überbrücken können, weil ich es nicht mit Inhalt gefüllt hatte. Das nachmittägliche Geschehen nahm in meiner Vorstellung entsetzliche Dimensionen an, aus denen ich alle Gründe für das Leiden meiner Schwester schöpfte. In diesem halluzinativen Hin-und-her-Wälzen wurden seine Konturen immer trüber, und ich fieberte vor Ahnung. Mit einer gewaltigen Erschütterung war die Sorge auf den Plan getreten. Die Sorge eines Menschen, der büßen will, der mit der Gewalt von Angesicht zu Angesicht konfrontiert war. Eine selbstsüchtige Sorge.

Der Sommer, der folgte, war von einem Spiel des Sich-Aufdrängens und Einander-Ausweichens gekennzeichnet. Ich war überzeugt, dass Anas Verstummen genau das war – ein Spiel. Und dass sie den Schutzschild bald loslassen werde, hatten ihre Kräfte sie doch schon fast ganz verlassen. Diesen schweren Schild, mit dem sie sich verteidigte, hatte sie nur auf sich genommen, um mich für die Folter zu bestrafen, die ich in meinen Gedanken für sie bestimmt hatte. Diese Strafe war ich bereit, auf mich zu nehmen. Unseren Eltern vertraute ich meine Ahnungen bezüglich der Trauer meiner Schwester nicht an. Die Gelegenheit, mich mit meiner Schwester nach ihrem Abgleiten als Erste zu verbinden, wollte ich nicht verspielen. Ich wusste aber auch nicht, was ich genau genommen ahnte. Wenn ich das, was ich mir in schlaflosen Nächten zusammengereimt hatte, mit wahrem Namen benannte, würde es sich vielleicht verwirklichen, und dann würde die Verantwortung für ein neues Unrecht über mich hereinbrechen. Ich kam ja kaum mit einem allein zurecht. Ich hatte Angst. Vor den Eltern schwieg ich, vor allem aus Selbstschutz. Denn Ana, Ana würde über kurz oder lang alles selber erzählen.

Ich schwieg, als man sie, dehydriert und mit Wahnvorstellungen, ins Krankenhaus einlieferte und sie eine Woche lang mit einer Mischung aus Rohmilchbutter, gesüßtem Kakao und Milch ernährte. Wenn die blassbraune Flüssigkeit in sie hineinfloss, liefen ihr Tränen des Ekels übers Gesicht. Ich schwieg, als Mama aus ihrer Tasche, die am Bettrand hing, Beutel mit Watte hervorzog und in Tränen ausbrach. Vater drückte sie stumm an seine Brust und starrte auf seine Tochter, die auf dem Bett nicht mehr lag, sondern darübergestülpt war wie ein an den Rändern zerfressenes Gewebe. Auf die Verzweiflung, die die beiden rauf und runter durch die Stockwerke des Hauses führte, sah ich mit der Langmut gedemütigter Menschen. Ich schwieg, als sie der Krankenschwester, die ihr den kalorienreichen Trank brachte, ins Gesicht spuckte und sie blutig kratzte. Auch dann noch, als sie nicht mehr gehen konnte und zugleich jegliche Nahrung von sich wies, ließ mein Glaube an sie nicht nach. Dem Arzt redete ich zu, dass sich alles jeden Augenblick ändern werde. Es gebe keinen Grund zu Befürchtungen, meine Schwester sei gutmütig, im Grunde gut, sie werde schon alles richtig machen. Sie werde uns vom Leiden erlösen, sie werde mich lossprechen. Auf ihre Güte setzte ich noch lange danach, als sie schon kein Mensch mehr war. Ich hielt ihre Hand und beobachtete ihr mit Flaum überzogenes Gesicht, das groteske Geflecht bläulich-violetter Äderchen auf dem Kopf und auf den Handrücken, das Heben und Senken des spitzen Schlüsselbeins. Ihr einst lebhafter und feuchter Körper zerfiel zu Papier. Ich strich ihr über das geistig abwesende Gesicht und legte ihr die Hand auf den Bauch. Ich wollte, dass sie den Pulsschlag meines Gewebes fühlte, dass wir von Neuem beginnen könnten. Meine Mädchenhand würde sie nicht zerdrücken, würde nicht beenden, was im Hass auf das Leben begonnen wurde. Ich hoffte unendlich, in die Hoffnung, dass sie mir erklären werde, was ich an jenem Juninachmittag gesehen hatte, dass sie mir erklären werde, wie unschuldig es gewesen war, kleidete ich meine Schuld. Ich schwieg, als ihre Augen glasig wurden. Ich stand neben ihr und schwieg so entschlossen, dass ich in der Stille des Zimmers hörte, wie ihr Herz zu schlagen aufhörte. Ich stand neben dem Leib meiner Zwillingsschwester. Stumm.

## Inhalt

TransferBibliothek CL

Die Originalausgabe ist 2017 unter dem Titel *Razvezani* bei Beletrina Academic Press, Ljubljana, erschienen.


Mit Unterstützung durch das Programm Kreatives Europa der Europäischen Union.

Kofinanziert durch das Programm Kreatives Europa der Europäischen Union

Diese Ausgabe wurde durch die Slowenische Buchagentur, JAK, ermöglicht.

JAK JAVNA AGENCIJA ZA KNJIGO RS

Covermotiv: © iStock
Lektorat: Joe Rabl



Grafische Gestaltung: Dall'O & Freunde
Druckvorbereitung: Typoplus, Frangart
Printed in Europe

ISBN 978-3-85256-804-1

www.folioverlag.com

E-Book ISBN 978-3-99037-102-2